화장품의 허와 실

화장품의
허와 실

화장품,
독인가?
약인가?

아름다운사회
Beautiful Society

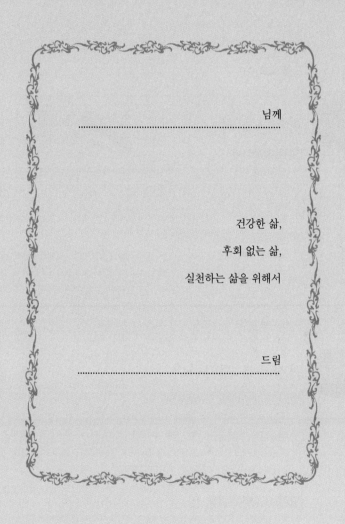

님께
···

건강한 삶,

후회 없는 삶,

실천하는 삶을 위해서

드림
···

Contents

$\mathcal{C}$ ontents

제5장 화장품 산업의 시련과 도전

프롤로그

첨단 기술이 따라잡기 힘든 속도로 발달하고 물질적
풍요가 삶을 지배하면서 세상은 하루가 다르게 변하고
있다. 겉모습만 보면 그럴싸하지 않은 것이 없고 끝없
이 아름다움만 재생산되는 것처럼 보인다. 하지만 그
러한 경제적, 물질적 발전의 속내를 들여다보면 그것이
우리가 원하는 바람직한 방향으로의 전진인지 아니면
또 다른 후퇴인지 판단하기가 모호하다.

물론 예전보다 모든 것이 풍요로워졌다는 점은 부인
하기 어렵다. 한마디로 우리가 필요로 하는 모든 것이
넘쳐나는 세상이다. 이 책의 주제인 화장품도 그런 것
중 하나다. 사실 인체와 관련된 것은 다른 어떤 것보다 민감하고 빠르게 발전해 왔다. 의식주를 제외한 상품 중에서 건강보조식품과 화장품의 발전 속도가 가장 빠르다는 데 이의를 제기할 사람은 아마 없을 것이다. 이는 살아가는 데 꼭 필요한 것은 아니지만 의식주를 해결하고 난 이후 가장 먼저 찾게 되는 것들이다. 같은 맥락에서 화장품은 물질적 풍요를 구가하는 오늘날을 상징하는 대표적인 상품이다.

건강과 아름다움에 대한 욕구는 거의 본능에 가깝다. 따라서 그러한 본능의 중심에 서 있는 화장품을 연구하는 것은 매우 의미 있는 일이다. 특히 이 책에서 화장품을 주제로 삼은 이유는 화장품이 다른 어떤 상품보다 많은 생각과 의문을 안겨 주기 때문이다.

이제 화장품은 모든 사람의 필수품으로 자리 잡았다. 색조 화장까지는 아니더라도 누구나 로션과 스킨 정도는 사용한다. 그렇다면 매일 화장품을 사용하면서 그 화장품의 원료가 무엇인지, 어떻게 사용하는지, 그리고 어떤 효과가 있는지 따져 보는 사람은 얼마나 될까? 대개는 별다른 생각 없이 당연하다는 듯 화장품에 손을 댄다. 매일같이 화장품 회사가 쏟아내는 엄청난 광고에 현혹되거나 판매사원의 그럴듯한 말을 믿고 구입한 상품을 무심코 사용하는 것이다.

이러한 무심함은 화장품이 성인 여성의 전유물이 아니라 남녀노소 누구나 사용하는 애용품이 되어 버린 오늘날에도 여전히 지속되고 있다. 실제로 성인 여성은 물론 유아나 주니어용, 그리고 남성 전용 화장품 시장이 폭발적으로 성장하고 있다.

하지만 그러한 화장품이 우리의 피부에 어떤 영향을 미치는지, 어떤 화장품을 써야 하는지 등에 관한 구체적인 안내서는 찾아보기 어렵다. 서점에 몇몇 책이 나와 있긴 하지만 대부분 전문가가 자신의 견해를 밝힌 것이고 실제로 소비자가 궁금해 하는 분야와 관련해 참고할 만한 내용을 다루고 있는 책은 드물다. 이 책을 기획하게 된 동기가 바로 여기에 있다.

이 책은 화장품에 대한 기초 지식을 비롯해 피부 관련 지식, 그리고 우리나라 화장품 산업의 역사를 다루고 있다. 사실 이 책을 준비하면서 그동안 우리가 화장품을 얼마나 무심하게 대해 왔는가를 새삼 깨닫게 되었다. 그만큼 화장품과 관련해 새로운 진실을 많이 알게 되었다.

이 책은 많은 자료를 참고로 했다. 특히 국내의 몇몇 화장품 업계 전문지에 실린 자료를 참고했음을 밝혀 두는 바이다. 관련 업계에 관심을 기울이는 사람이 아니면 잘 모를 수도 있지만 국내에도 화장품과 관련된 정보를 전문적으로 다루는 신문이 존재한다. 우리는 화장품 업계 전문지가 창간호 이후 한 번도 결호를 내지 않고 견뎌왔다는 사실에 깜짝 놀랐다. 시장점유율이 몇몇 업계에 편중된 열악한 시장이라는 선입견이 있었기 때문이다.

우리나라 화장품 산업은 다른 모든 분야와 마찬가지로 엄청난 격변기를 맞고 있다. 더구나 FTA 바람이 불면서 국제화, 개방화의 물결은 더욱 거세게 몰아치고 있다. 지구촌을 상대로 빼앗고 빼앗기는 치열한 전쟁이 벌어지고 있는 것이다. 지금은 적당히 안주하겠다는 마음을 먹는 순간 제 밥그릇조차 빼앗기고 마는 냉혹한 시절이다.

이미 알고 있겠지만 세계 최고 기술로 무장한 회사들이 우리나라에서 국내 기업과 똑같은 조건 아래 경쟁적으로 마케팅을 펼치고 있다. 그중에는 대리점이나 판매점을 거치지 않고 소비자에게 직접 판매하는 방식을 채택한 회사도 있다. 이러한 변화가 위험과 위기의식만 불러일으키는 것은 아니다. 분명 여기에는 기회도 숨어있다. 우물 안의 개구리에서 벗어나 보다 넓은 세상으로 나아갈 수 있는 절호의 기회가 될 수 있는 것이다.

기회와 가능성은 누구에게나 똑같이 주어진다. 하지만 결과는 그렇지 않다. 주어진 기회와 가능성을 어떻게 활용하느냐에 따라 결과는 크게 달라진다. 문제는 얼마나 좋은 화장품을 만드느냐와 소비자를 어떻게 생각하느냐에 달려 있다.

세계 시장을 빠른 속도로 개척하고 있는 현실이 보여
주듯 오늘날 우리나라 화장품 제조 기술은 이미 상당
수준에 올라 있다. 그리고 지금도 많은 연구와 실험이
계속되고 있다. 중요한 것은 세계 최고 수준의 회사와
경쟁할 수 있을 정도로 기술력을 업그레이드해야 한다
는 점이다. 이미 오래 전부터 축적해 온 노하우로 똘똘
뭉친 세계적인 회사들과 경쟁하려면 최고 수준을 달성
해야 한다. 지금은 일류가 아니면 살아남기 힘든 세상
이기 때문이다.

이제 눈 가리고 아웅 하는 식으로 적당히 용기와 원료
몇 가지만 바꿔 화려한 광고로 밀어붙이는 판매는 발붙
일 수가 없다. 진정한 서비스 정신과 뛰어난 기술력으
로 모든 것을 소비자의 입장에서 풀어 나가지 않으면
안 된다.

이 책이 우리의 현실을 돌아보고 보다 향상된 미래로
나아가는 데 보탬이 되었으면 하는 바람이다. 내용이
더러 미흡한 부분도 있지만 일상의 필수품으로 자리 잡
은 화장품의 진실을 깨닫고 현명한 소비를 하려는 도전
에 첫걸음이 되었으면 한다.

시사모임회

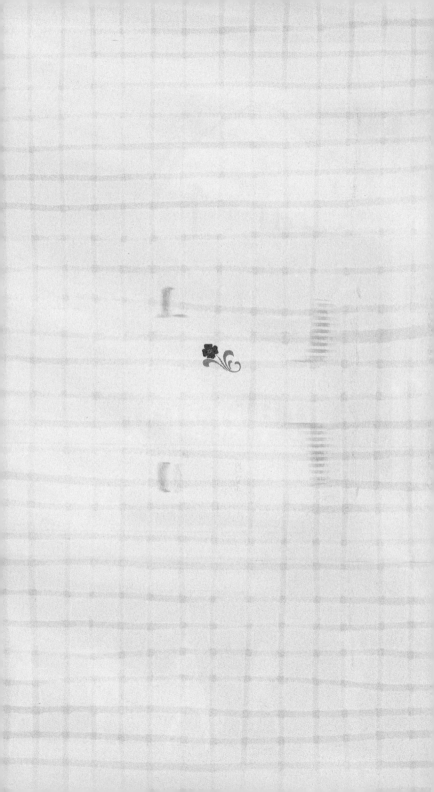

part 1

피부와 화장

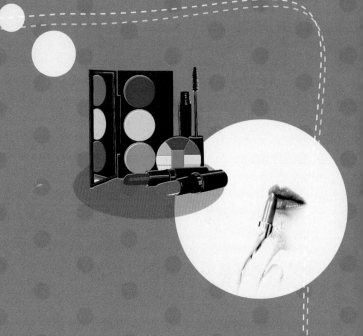

1. 화장이란?

2. 피부를 알아야 미인이 된다

화장이란?

❀ 아름다움은 모든 이의 소망

아름다워지고자 하는 것은 세계 모든 이의 공통적인 소망이다. 이러한 욕구를 반영하듯 화장은 인류 문명이 발달하던 초기 무렵부터 존재해 왔다. 기원전 시절에 화려한 문명을 꽃피운 이집트의 벽화를 보면 여성들이 진하게 화장한 모습을 볼 수 있다. 우리나라의 고구려 벽화도 신분의 높낮이에 상관없이 많은 여성이 연지화장을 즐겼음을 보여준다. 그만큼 화장의 역사는 길고 깊다.

오랜 벽화나 기록에 남아 있는 화장의 역사를 통해 우리는 '아름다워지고 싶은 욕망은 인간의 본능 중 하나'라는 것을 새삼 깨닫게 된다. 인류는 전쟁이 일어나면 화장이 간소해지고 전쟁이 끝나면 화장이 진해지는 변화 사이클을 보이며 끊임없이 아름다움을 추구해 왔다.

몇 년 전까지만 해도 화장은 단순히 남에게 잘 보이기 위한 수단이라는 인식이 강했다. 또한 아무런 근거도 없이 단지 화려한 광고나 감성을 자극하는 몇 마디 광고 카피만 믿고 무조건 비싼 화장품을 선택하는 경우가 많았다. 경제적 풍요와 더불어 남다른 개성을 추구하겠다는 욕망에 얽매이거나 비싼 것을 바르면 더 아름다워질 수 있을 거라는 막연한 환상에 젖어 무턱대고 화장품을 구입했던 것이다.

하지만 이제는 화장품에 대한 인식 자체가 달라지고 있다. 자신의 피부에 맞는 것을 선택하는 것은 물론 자기 매력을 한층 돋보이게 해주는 제품에 관심이 많다. 나아가 폭넓은 정보와 지식을 습득해 최대한 현명하게 소비하려는 사람들이 늘고 있다. 한마디로 합리적인 화장과 독창적인 멋을 추구하게 되었다는 얘기다.

물론 일부에서는 아름다움을 위해 맹목적이고 비이성적인 선택을 하는 경우도 있다. 그중 하나가 성형 수술에 대한 인식 변화다. 이제 쌍꺼풀 수술 정도는 당연한 것이 되어 버렸고 단순히 아름다워지고 싶다는 욕망에 젖어 멀쩡한 얼굴에 손을 대기도 한다. 이러한 인식 변화로 인해 성형외과 병원은 동네 어디에서든 흔히 볼 수 있는 일상적인 곳이 되었다.

성형 수술을 잘한다고 소문이 난 의사는 방송국이나 신문사의 집중적인 관심을 받기도 한다. 심지어 성형을 위해 우리나라를 찾아오는 외국인도 많다. 〈미녀는 괴로워〉라는 영화가 단적으로 보여주듯 아름다워지는 방법을 알려주고 수술을 통해 아름답게 만드는 것에 일종의 경외감이나 신비감마저 생겨날 정도다. 여성들이 아름다움을 위해 흔히 찾는 피부미용실이 여성의 전유물이 아니라 남성과 공동으로 사용하는 공간으로 변화된지는 오래되었다. 이는 물질적 풍요와 사회적 인식 변화가 낳은 결과물이다.

　사실 못났다는 말보다 아름답다는 말을 듣는 것이 백번 기분 좋은 일이다. 더욱이 최근에는 취업을 할 때도 학교 성적뿐 아니라 면접을 통해 외모도 평가한다고 한다. 이처럼 사회적 인식 자체가 아름다움에 대한 편향이 강해지고 있기 때문에 아름다움을 갈망하는 것은 당연한 결과일 수도 있다.

　현대인이 하루의 일과를 시작할 때 가장 먼저 하는 것은 청결을 위한 세안과 더불어 화장하는 것이다. 이는 직장생활이나 일상생활에서 만나게 될 사람들에 대한 일종의 예의로 자리 잡았다. 모든 사람이 단정하고 아름다운 것에 호감을 보이고 또한 이를 원하기 때문이다. 그러나 마치 페인트칠을 하듯 지나치게 화장에만 의지하면 아무리 비싸고 좋은 화장품을 사용해도 그 모습이 그리 아름답게 느껴지지 않는다. 특히 나이에 어울리지 않거나 주위 분위기에 맞지 않는 화장은 오히려 품격을 떨어뜨린다. 화장은 아름답고자 하는 욕구를 만족시키기도 하지만 그것이 지나치거나 잘못되면 반대로 사람을 추하게 만들기도 한다.

결론적으로 말해 화장은 여성을 아름답게 만들어 주지만 단순히 모방하는 화장이 아니라 자신의 개성을 살리고 주위 환경에 잘 어울리게 하는 것이 중요하다.

화장을 하는 이유는?

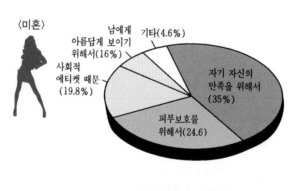

〈미혼〉

남에게 아름답게 보이기 위해서(16%)

기타(4.6%)

사회적 에티켓 때문 (19.8%)

자기 자신의 만족을 위해서 (35%)

피부보호를 위해서(24.6)

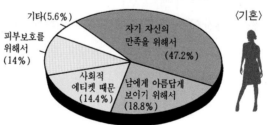

〈기혼〉

기타(5.6%)

피부보호를 위해서 (14%)

사회적 에티켓 때문 (14.4%)

자기 자신의 만족을 위해서 (47.2%)

남에게 아름답게 보이기 위해서 (18.8%)

🍀 왜 화장을 할까?

　사람들에게 화장을 왜 하느냐고 물어보면 당연하다는 듯 '아름답게 보이기 위해서' 라고 대답한다. 사람들은 왜 타인에게 잘 보이고 싶어 하는 걸까? 깊이 생각할 것도 없이 타인에게 좋은 인상을 남기는 게 그 반대의 경우보다 좋기 때문이다. 사람들은 누구나 직장 동료, 이성 친구, 혹은 연인에게 호감을 주고 싶어 한다. 이를 위한 수단 중 하나가 바로 화장이다.

　그렇다고 사람들이 늘 그런 것을 의식하며 화장을 하는 것은 아니다. 항상 누군가에게 잘 보이고 싶어서 화장을 하는 사람은 드물다. 이는 한창 연애에 열을 올리는 젊은 커플들도 마찬가지다. 흥미롭게도 젊은 여성은 연인을 만날 때보다 오히려 동성들의 모임에 참석할 때 화장에 더욱 신경 쓴다고 한다. 이는 친구의 질투심을 유발하거나 친구보다 낫다는 우월감에 젖고 싶기 때문일지도 모른다. 심지어 화장에 서툴러 비난을 받거나 따돌림을 당하는 사례도 있다.

　어쨌든 화장의 의미가 무엇인지를 생각하며 화장하는 사람은 많지 않다. 그렇다면 화장은 오래 전부터 굳어진 습관적인 행위일까? 아니면 화장품이 전해 주는 상쾌함이나 피부 자극 효과에 중독된 것일까?

　사람들은 배고프면 밥을 먹는 것처럼 세안을 한 후에

는 당연하다는 듯 화장을 한다. 그 출발은 다양하지만 요즘의 젊은 엄마들은 이미 아기 때부터 피부를 보호한다는 명목으로 그 부드러운 피부에 크림을 발라준다. 노인층의 화장에 대한 관심도 대단히 높다. 결국 우리는 아기 때부터 늙어 죽을 때까지 평생에 걸쳐 화장을 하는 셈이다.

여기에다 화장품 회사들은 엄청난 광고비를 투입해 대대적인 광고를 한다. 광고 중에서도 유독 화려하게 아름다움을 강조하는 것이 화장품 광고다. 방긋 웃는 모델만 봐도 그 제품을 쓰고 싶을 정도로 강하게 유혹하는 것이다.

개중에는 진한 화장을 즐기는 사람도 있는데 이는 그다지 호감을 주지 못한다. 물론 누구나 그렇다고 말할 수는 없지만 인터뷰를 해보면 진한 화장은 싫다고 하는 답변이 압도적으로 많다. 화장이 반드시 타인의 호감을 자아내는 것은 아니라는 얘기다. 따라서 어떻게 화장을 할 것인가에 보다 세심하게 신경 쓸 필요가 있다.

화장은 분명 아름다워지는 수단이다. 맨얼굴보다 화장한 얼굴이 예쁘게 보이는 것은 사실이다. 이러한 인식이 거의 불변의 법칙처럼 자리 잡게 되면서 사람들은 이제 습관적으로 화장을 한다. 외출할 때 당연하다는 듯 화장을 통해 얼굴을 매만지는 것이다.

화장을 일종의 예의라고까지 표현하는 오늘날, 화장

은 자기만족과 더불어 타인을 만족시키는 수단이 되었다. 더불어 화장은 여성의 전유물이 아니라 남녀노소 누구나 습관적으로 하는 행위로 확대되었다.

🌸 화장은 아름다운 예술

화장을 하면 정말 아름다워질까? 여성들에게 물어 보면 화장하지 않은 맨얼굴로 외출을 하면 왠지 어색하고 자신이 없기 때문에 화장을 한다고 대답하는 경우가 많다. 이처럼 여성은 자신의 맨얼굴에 자신 없어 하기 때문에 백화점이나 화장품 전문점 앞을 지나갈 때 판매원으로부터 화장품을 권유받으면 대개 관심을 보인다.

거리를 걷다 보면 가끔 지나치게 진한 화장을 해서 눈살을 찌푸리게 만드는 여성을 만나기도 한다. 물론 그것은 일부의 사례로 대부분의 여성은 예의에서 벗어나지 않는 수준으로 화장을 한다. 이처럼 화장을 안 한 얼굴을 찾기가 더 힘들 정도로 누구나 화장을 하고 있지만 멋지게 화장한 여성을 만나기는 쉽지 않다. 멋진 화장이란 자신의 외모나 분위기에 거슬리지 않게 화장을 잘하는 것을 의미한다. 따라서 멋진 화장 자체가 다른 사람에게 드러나는 경우는 드물다.

어쨌든 사람들이 점점 아름다워지고 있는 것만은 사

실이다. 특히 패션 정보가 넘쳐나면서 오늘 선진국에서
유행하는 것이 바로 그날 우리의 유행으로 이어지는 터
라 아름다움에 대한 기대치가 갈수록 높아지고 있다.
패션 코디나 화장법이 가히 예술의 경지에 이르렀다고
할 만큼 사람들의 눈높이가 상승하고 있는 것이다.

다른 한편에서는 화장에 대한 새로운 개념도 등장하
고 있다. 이들은 단순히 아름다움을 추구하는 것에서
벗어나 피부 보호 및 유지에 초점을 맞춘다. 덕분에 기
초 화장품 기술이 단순히 얼굴에 색을 칠하는 개념에서
벗어나 손상된 피부를 치유하고 세포를 부활시키는 개
념으로 확대되고 있다. 이제 개성과 아름다움을 추구하
는 것은 기본이고 피부 보호 및 생성 단계로 나아가고
있다는 얘기다. 분명 대세는 단순 모방이 아니라 개성
을 살리고 피부를 보호하는 동시에 주위 환경에 잘 어
울리는 화장법을 구사하는 것이다.

사랑을 하면 화장도 변한다

간혹 평소에 외모 가꾸기에 관심이 없던 사람이 유난
히 외모를 챙기거나 그 반대로 행동하는 경우를 보기도
한다. 이런 변화가 일어날 때 사람들은 흔히 연인이 생
겼거나 누군가 좋아하는 사람이 있는 모양이라고 추측

한다.

특히 여성은 머리를 자르거나 멋진 옷을 챙겨 입는 것과 더불어 화장으로 자신의 변화를 대변한다. 마음 설레는 데이트를 앞두고 자신을 돋보이게 해주는 화장에 공을 들이는 것은 당연하다. 대개는 예전에 잘 사용하지 않던 향수를 뿌리기도 하고 옷을 이것저것 입어 보면서 가장 잘 어울리는 것을 찾기 위해 애쓴다. 덕분에 과거보다 훨씬 예뻐진 모습을 연출한다.

관심을 기울이고 신경 써서 가꾸면 확실히 나아지게 마련이다. 그것은 그대로 자신의 개성이자 향기로 남게 된다. 여성이든 남성이든 상대방의 향기는 오래도록 기억에 남는 법이다. 후각이 시각보다 더 강한 여운을 남기기 때문이다. 그 향기는 전체적인 품위일 수도 있고 독특한 향수가 뿜어내는 개성일 수도 있다. 그런 의미에서 화장은 자신을 더욱 오랫동안 기억시키는 기법 중 하나라고 할 수 있다.

거울 앞에 앉아 자신이 좋아하는 사람을 상상하며 화장하는 모습은 그 자체만으로도 아름답다. 한때 연인끼리, 부부끼리 함께 바르는 화장품 아이템이 선풍적인 인기를 끌기도 했다. 선물로써 혹은 동질감을 느끼는 수단으로써 화장품의 입지는 갈수록 커지고 있다.

🍀 화장의 원조를 찾아

오늘날의 화장은 아름다움과 깊은 관련이 있지만 그 원조를 거슬러 올라가 보면 의외로 아름다움 같은 낭만적인 얘기와는 한참 거리가 멀다. 아름다움을 강조하기 위해 화장을 하던 시대를 훨씬 더 거슬러 올라가면 원시시대의 새로운 이야기가 펼쳐진다.

문명이 발달하지 못한 원시시대의 화장은 아름다움을 추구하는 것이 아니라 주위 환경과 적들로부터 자신을 지키기 위한 중요한 방어 수단이었다. 동물이나 식물이 주위 환경에 걸맞은 보호색으로 스스로를 보호하듯 인간은 남녀 구별 없이 화장을 통해 자신을 방어했던 것이다. 엄밀히 말해 그것은 화장이라기보다 생존을 위한 자구책이었다고 할 수 있다.

인디언들이 전쟁에 나갈 때 얼굴에 요란하게 색칠을 했던 이유는 적들에게 겁을 주고 자신의 용기를 과시하고 싶었기 때문이다. 인간이 화장을 시작하게 된 데는 그처럼 절박한 이유가 있었다. 또한 그 모양새도 아름다움과는 상당히 거리가 먼 것이었다.

그러나 문명이 발달하면서 화장은 점점 그러한 생활양식에서 벗어나 상징적 의미를 띠기 시작했다. 남다른

개성을 표현하기 위한 수단으로 바뀌어간 것이다. 그 대표적인 사례로 사람들은 화장을 신분을 나타내기 위한 수단으로 이용하기 시작했다.

인간은 집단을 이루고 부족 단위로 생활하게 되면서 누가 자기 식구인지 구별할 필요를 느끼게 되었다. 이때부터 같은 부족끼리 동일한 색을 칠하거나 비슷한 무늬를 그려 넣는 것이 보편화되었다. 이러한 구분은 단순히 부족 간에만 생성된 것이 아니다.

부족 내에서도 지위와 신분에 따라 구별의 필요성이 대두되었다. 같은 부족 내에서 힘이나 지위가 높은 사람이 남과 구별되고 싶은 욕망을 드러냈기 때문이다. 결국 같은 집단 내에서도 신분에 따라 다른 치장을 하게 되었고 신분이 높을수록 보다 화려하고 요란한 화장을 했다.

문명이 발달하면서 인간이 화장의 필요성을 느끼는 또 다른 계기가 등장했다. 그것은 바로 종교 생활이다. 어느 사회든 신과 통한다고 알려진 주술사나 제사장은 가장 화려한 차림새를 유지했다. 그렇게 자신을 잘 표현해야 신의 계시를 수월하게 받을 수 있다고 여겼기 때문이다. 동시에 여기에는 일반인에게 자신의 권위를 자랑하기 위한 목적도 있었다. 그러다 보니 이들은 눈에 띄는 유별난 화장에 특별히 공을 들였다.

다른 한편으로 제사를 지낼 때 사용했던 향은 오늘날

화장술의 근간을 이루고 있다. 동서양을 막론하고 고대인은 자연의 변화나 천재지변은 신의 뜻으로 이뤄진다고 생각했다. 대표적으로 가뭄이나 홍수 등의 이상 기후가 나타나면 그것이 신의 노여움 때문에 발생한 것이라고 여겼다. 이들은 신의 노여움을 풀 목적으로 신에게 제사를 지냈는데 이때 신이 좋아할 만한 희생물을 바치고 향나무를 태워 그 향기가 하늘로 올라가게 했다. 또한 주술사나 제사장은 향나무 잎으로 즙을 내 자신의 몸에 발랐다. 이는 그만큼 청결하고 경건한 자세로 제사에 임한다는 것을 증명하기 위한 것이었을지도 모른다.

이미 5,000년 전에 인도의 파미르 고원 근처에 살던 부족들이 향을 사용했다는 기록이 남아 있는 것을 보면 그 역사가 상당히 오래되었음을 짐작할 수 있다. 인류 역사상 가장 오래된 문명으로 꼽히는 고대 이집트의 미라에서도 향유가 사용된 흔적이 발견되었다. 고대 이집트의 유적에서 수천 년간 보존되어 온 미라나 벽화 및 그림 속의 화려한 모습을 보면 현대 색조 화장의 원조는 주술사라고 해도 가히 손색이 없을 정도다.

🌺 목숨 걸고 화장하던 시대

화장은 원시시대부터 행해져 왔지만 아직까지 그에 관한 기록은 발견하지 못했다. 따라서 화장품의 역사를 얘기할 때는 불가피하게 **고대 이집트**로부터 시작할 수밖에 없다.

3만 5,000년전의
석고 향수병

1897년, 이집트의 제1왕조로 알려진 티니스 왕조의 첫 번째 왕 메네스의 능이 발굴됐는데 여기서 나온 유품 중에 정교하게 조각된 하얀 석고 향수병이 있었다. 이는 무려 기원전 3만 5,000년 전의 물건이다. 또 다른 곳에서는 신전에 제사를 지낼 때 나무에 송진이나 향기가 나는 나무진을 섞어 태움으로써 향기가 나도록 만들었다는 기록이 발견되기도 했다. 당시에는 목욕을 할 때도 올리브유 같은 기름을 사용했다고 한다.

무더운 사막 땅에서 더위를 이기며 살았던 이집트인들이 땀 냄새를 없애기 위한 치장 기술을 발달시킨 것은 어쩌면 당연한 일이라고 할 수 있다. 이들은 악취를 제거하기 위한 향유를 사용하는 것과 별도로 색조 화장 기술도 매우 높은 수준까지 발전시켰다. 일부에서는 유난히 공을 들인 눈 화장이 내리쬐는 직사광선을 피하기 위한 수단 중 하나였다고 말한다. 특히 절세미인으로

알려진 이집트의 여왕 클레오파트라의 화장술은 타의
추종을 불허할 만큼 뛰어났다고 전해진다.

영화 클레오파트라

　이렇게 발달한 고대 이집트의 화장술
은 그 소문이 해외로까지 퍼져 나갔다.
덕분에 이집트의 화장품은 지중해를 건
너 아시리아, 바빌로니아, 페르시아 그리
고 그리스 등지에까지 수출되었다. 이에
따라 고대 이집트의 화장술은 고대 그리
스와 로마에서 다시 한 번 꽃을 피우게 되
었고, 그 무렵 화장술의 중심이 유럽으로
넘어가게 되었다.

　사실 고대 이집트의 화장술은 미라를 만드는 기술과
함께 발전한 것이다. 이는 고대의 화장술이 의학이나
과학과 떼려야 뗄 수 없는 관계에 있었음을 의미한다.
여기에 종교까지 관련돼 그야말로 모호한 모양새를 하
고 있었다.

　그러다가 기원전 4세기경 히포크라테스에 이르러 화
장술은 비교적 체계적인 기초를 마련하게 되었다. 의학
의 아버지로 불리는 히포크라테스는 의학의 토대를 세
운 인물로 피부에도 상당한 관심을 기울였다고 한다.
건강한 아름다움을 중요시한 그는 식이요법, 일광욕,
마사지, 목욕 등을 조화롭게 이용하는 것을 강조했다.
물론 이것은 현대의 화장술과 미용술에 커다란 영향을

미쳤다.

향락에서 둘째가라면 서러워할 정도로 일가견이 있던 고대 로마 사람들은 화장의 기교도 유례없이 화려하게 발전시켰다. **로마**에서 발달한 향락 문화 중 가장 유명한 것이 목욕 문화다. 심지어 "로마는 목욕 때문에 망했다"는 말이 나올 정도로 로마인의 목욕 문화는 상당히 호화로웠다. 이들은 목욕을 위해 온갖 향료를 동원했고 그 과정에서 화장술과 향수를 만드는 기술도 발달했다.

하지만 그리스와 로마의 문화를 비롯해 그동안 발전해 온 모든 문화적 전통은 기독교가 지배하던 중세에 이르러 암흑시대로 빠져 들고 말았다. 당시에는 기독교에 대한 금욕적인 믿음 이외에 모든 것이 죄악으로 몰렸던 터라 화장술이 발전한다는 것은 생각할 수도 없는 일이었다. 아무리 예뻐지고 싶은 욕망이 꿈틀댈지라도 마녀로 몰려 화형당할 위험을 무릅쓰면서까지 화장을 하기는 어려웠을 것이다.

성직자들은 화장을 함으로써 하나님이 주신 본모습을 바꾸는 것에 대해 무섭게 비난했다. 심지어 화장은 하나님이 창조한 얼굴이나 머리카락을 부정하고 바꾸려는 것이므로 신을 모독하는 행위라고 몰아붙였다.

'화장은 사기'라는 식의 비난이 먹혀든 이유는 화장이 땀과 빗물에 의해 벗겨졌기 때문이다. 탓에 당시에는 '화장은 사람을 기만하고 당혹스럽게 만든다'는 식의 비난이 만연했다. 그러나 우리는 그 이면을 살펴볼 필요가 있다. 중세에 이처럼 화장에 대해 강한 비난이 쏟아졌다는 것은 사회적 분위기와 달리 여전히 화장이 성행했음을 의미한다. 로마시대처럼 노골적이고 향락적인 분위기는 아니었지만 중세시대에도 화장은 계속되었고 화장술도 느리게나마 발전했다. 이는 정치적 통제도 화장의 본능적 욕구를 억누를 수 없었다는 점에서 화장의 본질에 대해 많은 생각을 하게 한다.

세상에 영원한 것은 아무것도 없다. 끝없이 계속될 것 같던 중세의 암흑시대도 어느덧 막을 내리고 새로운 사회에 대한 탐구가 끊임없이 시도되었다. 이와 더불어 종교에 억눌렸던 인간을 재발견하자는 운동, 즉 **르네상스**가 활짝 꽃피게 되었다. 유럽은 마치 기나긴 터널에서 빠져나온 듯 문학, 예술 등 거의 모든 분야에 걸쳐 새로운 바람이 거침없이 불어 닥쳤다. 물론 화장술도 예외는 아니었다.

특히 여성들은 마음 놓고 자신의 아름다움을 가꾸기 시작했다. 억눌림에서 벗어난 욕구 분출은 오히려 너무 지나쳐서 문제가 될 지경이었다. 당시에 유럽의 화장술이 발달하게 된 데는 동방으로부터의 영향이 매우 컸다. 종교 전쟁으로 원정을 떠났던 십자군과 마르코 폴로 등 여행자들이 본국으로 돌아가면서 동양의 진귀한 향료와 색소들을 가져갔던 것이다. 그 무렵 염료가 될 만한 식물이나 나무껍질, 석면, 산화아연, 석유, 향신료, 석탄, 후추, 황, 피마자기름 등이 유럽으로 전해져 화장품의 원료로 쓰이게 되었다.

오늘날 화장술에서 미백 기능이 중요한 부분을 차지하듯 당시에도 화장의 기본은 볼을 포함해 피부색을 하얗게 만드는 것이었다. 당시의 여인들은 화장을 할 때 하얀 분으로 얼굴을 두껍게 바르는 것부터 시작했다. 보기 싫은 땀구멍을 메우기 위해 얼굴에 분을 몇 겹으로 바르는 것은 물론 목과 가슴에도 분을 발랐다. 그것이 어찌나 심했던지 로마 교황 율리우스 3세의 주치의였던 스페인 사람 안드레아스 데 라그너는 하얀 분을 "악마의 발명품"이라고 혹평했다.

이 분은 주로 납에다 수은과 하얀 분을 섞어 만든 것이었다. 현대인이라면 엄청난 납 중독과 수은 중독을 염려해 그런 제품에 강력한 불매운동이라도 벌였을 법하다. 하지만 그 무렵에는 오랜 시간이 지난 후에 얼굴이나 다른 신체 부위에 부작용이 나타나기 전까지 그러한 폐해를 알지 못했다. 또한 그런 증상이 화장으로 인한 부작용이라는 사실도 깨닫지 못했다. 그때는 오로지 화장을 해서 아름다워지는 것만 중요시하던 시대였다.

당시의 여성에게 자신이 사용하는 화장품의 유해성은 전혀 고려 대상이 아니었다. 그들은 오직 어떻게 하면 좀 더 하얗게 보이도록 만들 수 있을까를 고민했을 뿐이다. 그렇게 흰색으로 밑그림을 그린 여성들은 그 위에 온갖 기교를 부리기 시작했다. 우선 흰 얼굴색과 대조되는 붉은 립스틱을 발랐다. 립스틱은 대부분 산화철이나 진사, 붉은 황토 등을 이용해서 만든 것이었다.

오늘날의 관점에서는 이런 재료로 화장품을 만들었다는 것이 황당하게 여겨질 수도 있지만, 알고 보면 현대인이 쓰는 화장품도 이런 화학 성분의 범주에서 크게 벗어나지 않는다. 화학 성분의 폐해에서 벗어나려는 노력의 일환으로 천연 화장품이 관심을 끌기 시작한 지는 불과 몇 년밖에 되지 않았다.

어쨌든 당시 그처럼 독한 화장품을 얼굴과 몸에 바른 여성들의 뼈는 빨리 썩어 갔고, 이는 아름다움의 상징인 이빨 역시 마찬가지였다. 한번 상상해 보라. 화장품 중독으로 이가 썩는 바람에 어디서든 입을 다물고 있을 수밖에 없었던 당시의 가련한 여인들을 말이다. 그들은 아름다움을 추구한 대가를 뼈아프게 치렀던 셈이다. 그런데 놀랍게도 오늘날 우리가 사용하는 화장품의 부작용도 만만치 않다.

그럼에도 그럴싸한 겉포장만 보고 혹은 자신의 피부 조건에 적합한지 따져 보지도 않고, 심지어 화장품의 성분조차 모르는 상태에서 무턱대고 화장품을 사용하는 경우가 많다. 그야말로 자신의 건강과 목숨을 걸고 화장을 하고 있는 것이다.

르네상스시대에는 향수도 유행의 한 흐름을 좌우했다. 도시 곳곳에 향수 공장이 세워졌고 수도원에서까지 향수를 만들어 팔았다고 한다. 당시 이탈리아의 유명한 귀족 가문인 메디치가에서도 여러 가지 향수를 만들어 교황에게 정기적으로 헌납했다.

한 가지 재미있는 사실은 고대 로마시대와 르네상스시대에 향수가 크게 유행한 이유 및 목적이 서로 정반대라는 점이다. 로마시대에는 목욕 문화가 발달해 목욕에 필요한 향유를 필요로 하게 되면서 향수가 발달했다. 그러나 르네상스시대 사람들은 목욕을 지독하게 싫어했다. 그러다 보니 주위에 고약한 냄새가 진동할 수밖에 없었고 향수는 그런 냄새를 없애기 위한 수단으로 이용되었다. 설마 하는 생각이 들지도 모르지만 이것은 당시의 문헌에 나와 있는 이야기다.

이처럼 화장 문화는 원시시대부터 중세시대, 르네상스시대를 거치면서 지역마다 독특한 문화를 형성하거나 세계적인 상호 교류를 통해 때로 혼합된 문화를 형성하면서 오늘날까지 발전해 온 것이다.

🌸 화장의 역사

화장에 대한 우리 조상들의 생각은 어떠했을까? 우리 나라의 화장 역사를 거슬러 올라가 보면 '화장'이라는 말을 사용하기 시작한 것은 비교적 최근의 일이라는 것을 알 수 있다. 개화와 더불어 외래 문물이 밀려들면서 화장이라는 말도 함께 들어온 것이다.

그 이전까지는 화장이라는 말 대신 장식(粧飾), 단장(丹粧), 야용(冶容)이라는 말을 썼다. 따지고 보면 화장이라는 말도 외래어인 셈이다. 그러나 화장이라는 말을 비교적 최근에 쓰기 시작했다고 해서 화장의 역사까지 짧은 것은 아니다. 오히려 화장의 역사는 세계 어느 곳과 비교해도 뒤처지지 않을 만큼 오래되었다.

문헌상의 역사는 이미 **단군신화**에 등장할 정도다. 단군신화에 보면 인간으로 다시 태어나고자 하는 곰과 호랑이가 쑥과 마늘을 먹고 동굴 속에서 100일간 지내는 이야기가 나온다. 그때 호랑이는 고통을 견디지 못해 도망쳤지만 곰은 끝까지 남아 결국 여자로 변신했다. 그 곰은 웅녀로 환웅의 아내가 되어 우리 민족의 모체가 되었다.

흥미롭게도 쑥과 마늘은 미백 효과가 뛰어난 재료다. 이를 통해 거친 동물성에서 하얀 살결을 지닌 인간성으로 변신한다는 것을 강조하는 미신적 개념이 복합적으로 가미되어 있음을 추측해 볼 수 있다. 미뤄 짐작하건 대 거친 피부를 하얀 피부로 변화시키려는 어떤 주술적 인 노력으로 보인다. 또한 하얀 피부의 인간이 되기 위 한 수련 과정으로 햇볕이 들지 않는 동굴 속에서 지내 야 했으니 여러 가지 면에서 이런 추측에 신빙성이 더 해진다.

세계적인 화장의 역사와 마찬가지로 선사시대를 지 나 국가 형태를 지닌 조직으로 발전하면서 화장이나 문 신 등은 신분을 나타내는 수단으로 활용되었다. 특히 여성은 아름다움을 드러내기 위해 화장이나 사향처럼 향기가 나는 것을 많이 사용했다. 그리고 **삼국시대**로 접 어들면서 화장술은 더욱 세련된 형태로 발전했다. 무엇 보다 두드러진 특징은 불교나 다른 종교적 영향을 받아 청결을 많이 강조하고 진한 화장을 피하는 쪽으로 발전 했다는 점이다. 이는 외국의 경우와 뚜렷하게 차별화되 는 특징이다.

우리 조상의 화장에 대한 내용은 지금까지 남아 있는 문헌이나 무덤 벽화를 통해 짐작할 수 있다. 고구려 때 의 고분 벽화는 신분의 높고 낮음에 상관없이 많은 이 들이 공통적으로 연지 화장을 즐겼다는 사실을 보여준 다. 특히 ≪삼국유사≫에는 김유신의 누이가 엷은 화장 과 장신구를 즐겼다는 기록이 남아 있다.

역사적인 기록은 우리나라의 장신구 문화가 오랜 옛

날부터 발달했음을 보여주는데, 예나 지금이나 장신구는 화장과 함께 사용되는 도구다. 따라서 그 발달 수준을 보면 당시의 화장술에 대한 자료도 얻을 수 있다. 우리의 조상들은 진한 화장을 즐기지는 않았지만 일본에 전수해 줄 정도로 화장품 제조 기술과 화장법이 발전했다.

얇은 화장을 즐겼다고 해서 화장품 제조 기술이 뒤떨어졌다고 볼 수는 없다. 특히 삼국시대에는 향을 사용하는 기술이 크게 발달했다. 신라 사람들은 신분에 관계없이 남녀노소 누구나 향을 담은 향낭을 몸에 지니고 다녔다고 한다. 이는 당시 종교적, 사회적 문화를 바탕으로 한 일종의 향수 문화로 상당히 큰 의미가 있다고 할 수 있다.

고려시대로 접어들면 화장과 관련해 많은 변화가 일어난다. 무엇보다 두드러진 특징은 이전까지의 얇은 화장이 진한 화장으로 바뀌게 되었다는 점이다. 고려시대에는 사회 전반적으로 머리를 윤이 나게 빗어 넘기고 눈썹을 진하게 그리며 하얀 분을 많이 바르는 것이 대유행이었다. 어쩌면 이것은 고려시대에 확립된 기생 제도와 관련이 있을지도 모른다. 당시 기생의 상징은 바로 진한 화장이었다. 하지만 여염집 여인들은 대체로 얇은 화장을 했고 기생들의 진한 화장을 천박하게 여겼다. 여기에는 진한 화장을 금기시한 불교의 영향도 한몫했을 것이다.

삼국시대인 6세기 경에는 불교가 전래되면서 몸을 경건하고 깨끗이 거두는 것을 당연하게 생각했고 덕분에 목욕 문화가 널리 퍼졌다. 더불어 목욕에 필요한 세정제로 녹두나 팥으로 만든 비누를 만들어 썼다. 오랜 세월이 지난 지금도 할머니들은 심심찮게 녹두비누 얘기를 꺼내는데 이는 인공적인 것에 찌든 현대인에게 천연의 진한 향수를 느끼게 한다. 사실 유해 공방과 환경오염 측면에서 보면 화학 성분이 들어간 합성세제보다 천연 재료로 만든 우리 것을 재생하는 것이 마땅하지 않나 싶다.

조선시대에는 구석구석 스며든 유교 윤리의 영향을 받아 여성의 아름다움은 깨끗하고 부드러운 마음가짐에 있다고 여기는 풍조가 만연했다. 이에 따라 '흰 살결에 앵두 같은 입술'을 연출하는 진한 화장은 기생이나 궁녀, 소실 등 특수한 처지에 놓인 사람들의 전유물이 되어 버렸다. 하지만 조선시대에도 혼인 같은 큰일을 앞둔 경우에는 여염집 여인들도 수수한 화장이 아니라 진한 화장을 했다. 화장에 무관심하던 여성도 결혼 날짜를 잡으면 몇 주일 전부터 피부 관리에 공을 들이는 요즘의 풍조도 따지고 보면 새삼스러운 일이 아니다.

단군신화에서는 미백 효과가 있는 쑥과 마늘을 먹는 이야기가 나오고 삼국시대는 하얀 분과 색분, 연분을 생산했다. 그리고 **20세기 초**가 되면서 최초의 국산 분으로 박가분이 탄생했다. 현대 들어 우리나라의 화장품 산업이 눈부시게 발전을 거듭한 까닭은 이처럼 우리의 조상들로부터 전해진 정서에 화장이라는 개념이 깊이 스며들어 있었기 때문이다. 우리의 언어에 연지, 곤지처럼 화장을 의미하는 아름다운 말이 많은 것도 이와 무관하지 않다.

박가분 (국내최초의 국산분)

지금까지 살펴보았듯 우리나라 화장품 산업의 역사는 그 뿌리가 매우 깊다. 신라시대부터 연분이 만들어졌고 고려시대에는 도자기로 된 우수한 화장품 그릇을 비롯해 온갖 화장 도구들이 제작되었다. 그리고 조선시대에는 화장품 생산청이나 행상이 출현하는 등 획기적인 발전이 있었다. 일례로 임진왜란 직후 일본에서 만들어진 '아침이슬'이라는 화장수의 판매 광고 문안에는 "조선의 최신 기술로 만든……"이라는 문구가 나온다고 한다. 일본에까지 그 유명세를 떨칠 정도로 조선의 화장품 제조 기술이 뛰어났던 것이다.

더욱 놀라운 사실은 조상들이 사용한 화장품 원료가 중세 유럽이나 외국의 화장품 제조 성분처럼 화학물질이 아니라 대부분 백토, 꿀, 각종 식물성 기름, 꽃잎, 수세미 추출물 등 그야말로 천연 재료였다는 점이다. 오늘날 우리가 추구하는 가장 이상적인 화장품 제조 기술이 인체에 전혀 해로움이 없는 순수 자연 성분을 추출해 내는 것이라는 점을 감안할 때 조상들의 슬기로움이 새삼스러울 지경이다. 우리의 조상은 위기에 처한 오늘날의 화장품 산업에 커다란 화두를 던져 주고 있다.

피부를 알아야 미인이 된다

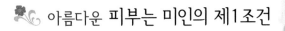

아름다운 피부는 미인의 제1조건

미인을 판별하는 기준은 시대, 민족, 그리고 개인의 성향에 따라 각각 다르다. 가령 옛 조상들이 그린 여성의 얼굴, 맵시, 기품 있는 자태는 실제가 아닌 그림을 통해 본 미인일 뿐이며 그것이 현대 여성에게도 가장 이상적인 미인상이라고 잘라 말하기는 어렵다. 그리 먼 옛날까지 가지 않더라도 현재의 40대나 50대가 젊었을 때 동경하던 여배우 혹은 미인의 사진을 지금의 20대에게 보여 주면 그 반응은 천차만별로 나타난다. 그만큼 시간의 흐름에 따라 미인의 기준이 바뀌었기 때문이다. 요즘의 젊은이는 현대적이고 활동적인 여성상을 동경하고 좋아한다는 조사 결과도 있다.

미인의 기준은 민족에 따라서도 다르게 나타난다. 텔레비전을 통해 전 세계의 영화를 볼 수 있는 시대인 터라 세계인이 좋아하는 여성상이 비슷할 것 같지만 한국인, 미국인, 프랑스인, 독일인이 좋아하는 여성상이나 미인을 규정하는 기준은 각각 다르다. 물론 통신 기술의 발달로 국경과 지리적 한계가 무너지면서 나라마다 패션 및 화장술에 그다지 차이가 있진 않지만, 그래도 각 민족의 미에 대한 기준은 저마다 독특하다.

개인들도 자신의 견해와 관점에 따라 차별적인 미인의 조건을 내세운다. 단순히 얼굴형 하나만 놓고 보아도 둥근 얼굴, 타원형 얼굴, 윤곽이 뚜렷한 얼굴 등 각자 선호하는 스타일이 다르다.

결국 미인은 제 눈에 안경이다. 남이 뭐라고 하든 자기 마음에 들면 미인이 될 수 있기 때문이다. 어쩌면 그래서 짚신도 제 짝이 있다는 말이 나온 것인지도 모른다. 여성이 거울을 들여다보며 외모를 가꾸는 것도 자신이 원하는 미인상에 접근하기 위한 하나의 방법일 수 있다.

소위 일반적인 미인과 이상형이 다른 경우도 있다. 예를 들어 "저 사람은 얼굴은 예쁘지만 너무 냉정해서 내가 찾는 이상형에 맞지 않는다"고 말하는 사람도 있다. 아름다움이 느껴지는 경우는 매우 다양하다. 자신을 화려하게 꾸며 아름다움을 뽐내는 사람이 있는가 하면 깔끔하고 산뜻한 표정 및 동작으로 시선을 끄는 사람도 있다. 이런 까닭에 처음에는 별로 좋아하지 않다가 점점 시간이 흐르면서 정신적 교류가 더해져 정말로 좋아하게 되는 경우도 있다. 일단 마음이 끌리면 이전에는 미인으로 보이지 않던 상대가 매우 아름답게 느껴진다. 이렇듯 '아름답다'는 것은 여러 가지 상황이나 조건에 따라 다르게 느껴질 수 있는 감각이기 때문에 절대적인 미인의 조건을 규정하는 것은 곤란하다.

여기에는 한 가지 예외가 있다. 그것은 바로 피부의 투명성과 청결성이다. 간혹 외국 여행을 하고 돌아온 한국 남성들이 "역시 여성은 한국 여성이 가장 아름답다"고 말하는 경우가 있다. 여기에는 나름대로 이유가 있다. 그것은 한국 여성의 피부가 그만큼 깨끗하기 때문이다.

유럽이나 미국을 여행하다 보면 텔레비전에서 보던 아름답고 늘씬한 미인에 대한 환상이 와장창 깨진다고 한다. 길거리에서 만나는 외국 여성들의 주름잡힌 피부나 하얗다 못해 붉은 피부를 보고 크게 실망하기 때문이다. 또한 남성들의 피부 위에 털이 무성하게 나 있는 것을 보고 놀라는 경우도 많다. 한국에 있을 때는 모르지만 외국에서 그런 피부를 보고 한국으로 돌아오면 한국 여성의 피부가 얼마나 깨끗하고 아름다운지 실감하게 되는 것이다.

미인을 규정하는 절대적인 조건은 없어도 아름답고 건강한 피부는 전 세계적으로 미인의 제1조건이다. 이를 증명하듯 기초 화장품 중에서도 피부를 부드럽게 해주고 손상된 피부를 치유하는 제품이 가장 많이 팔려나간다. 따라서 아름다운 미인이 되고자 한다면 무엇보다 피부를 깨끗하고 부드럽게 가꾸도록 노력해야 한다.

🌸 피부 세포는 신이 만든 걸작

피부 세포는 인체에서 가장 넓은 면적을 차지하는 기관이다. 개인에 따라 약간 차이는 있지만 그 총면적이 1.5~2.0㎡에 이르는 피부 세포는 세포막과 세포질, 핵으로 이루어져 있다. 그중 60~80퍼센트의 물과 10~19퍼센트의 단백질, 5~15퍼센트의 지질 등으로 이루어진 세포질이 피부 유형을 결정짓는 가장 중요한 요소다. 세포질의 구성 비율은 사람에 따르고 그 차이 가 피부 유형을 나누게 된다.

이러한 피부 세포가 모여 있는 것이 우리가 흔히 말하는 '피부'다. 피부는 표피와 진피, 피하조직으로 나뉘는데 피부의 맨 윗부분인 표피는 두께가 약 0.1㎜로 우리가 손으로 만질 수 있는 피부의 가장 바깥 부분이다. 이

표피는 피부의 질을 결정하며 표피에서 수분의 증발과 이물질의 침입을 막고(Rein 방어막, 수분 증발 저지막) 혈관으로부터 산소와 영양분을 흡수한다. 또한 이산화탄소와 노폐물을 배출하는 등 피부가 하는 대부분의 역할이 이곳에서 이뤄진다.

외부 온도가 36℃ 이상이 되면 피부는 표면을 확장하고 털구멍(모공)과 땀구멍을 넓게 벌려 땀을 배출함으로써 체내 온도를 낮춘다. 또한 산성을 띠는 피부 표면의 막은 박테리아로부터의 감염과 미생물의 침입을 막아 피부를 보호한다.

한편 단단한 **각질**과 피부의 가장 속 부분인 피하조직의 **지방분**은 스프링 역할을 해 외부의 압력이나 충격, 마찰로부터 피부를 보호한다. 그뿐 아니라 날씨가 급격히 변화하면 피지에서 지방막을 형성해 피부를 매끄럽게 유지함으로써 그 영향을 최소화한다. 겨울철에 목욕을 하다 보면 살갗에서 허연 것이 밀려 나가는 것을 볼 수 있다. 이것은 표피의 가장 바깥 부분인 각질이 떨어져 나가는 것으로 각질은 이미 죽은 세포다.

피부 세포의 수명은 어린 피부의 경우 2~3주이며 성인의 경우에는 그 두 배 정도다. 표피의 가장 아랫부분인 기저층에서 새로운 세포가 연속적으로 만들어지는데, 먼저 만들어진 세포는 점점 위로 밀려 올라가 결국 각질이 되어 떨어져 나간다. 이러한 각질은 비록 생명이 다해 가는 세포이긴 하지만 20층 정도의 세포층을 이뤄 수분의 유출을 막고 해로운 환경으로부터 피부를 보호하는 일등공신이다. 우리가 흔히 말하는 피부 관리란 이러한 각질층을 좋은 상태로 유지하기 위한 노력을 의미한다.

피부가 항상 생동감과 탄력을 유지하는 이유는 피부 세포가 짧게는 2~3주, 길게는 4~6주의 주기로 끊임없이 새로운 세포로 교체되기 때문이다. 만약 피부가 늘 주기적으로 교체되지 않는다면 인간도 다른 동물처럼 두꺼운 껍질로 뒤덮인 신체 구조를 하고 있을 것이다. 또한 피부 세포의 순환대사가 제대로 이뤄지지 않는 사람은 인간보다 원숭이나 고릴라에 더 가까울지도 모른다.

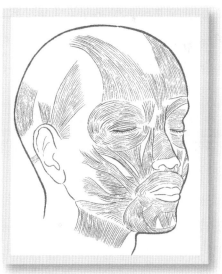

얼굴 근육의 구조

아름다운 피부란?

부드러운 피부, 매끈한 피부, 탄력 있는 피부, 우윳빛 피부, 도자기 피부 등 피부의 아름다움을 표현하는 말은 상당히 많다. 그렇다면 아름다운 피부란 과연 어떤 피부를 말하는 것일까?

일단 겉보기에 깨끗하고 청결해야 한다. 가까이에서 보아도 매끈하고 깨끗한 피부를 간직하려면 무엇보다 건강이 우선시되어야 한다. 아름다운 피부의 요소를 간단히 살펴보면 다음과 같다.

피부 표면이 깨끗하고 촉촉하다, 윤이 나고 혈색이 좋다, 얼룩이나 기미가 없다, 만지면 부드럽고 촉감이 좋다, 탄력이 있고 눌렀을 때 팽팽한 감이 느껴진다, 더위나 추위 등 외부의 영향을 심하게 받지 않는다, 외상을 입어도 치료가 쉽다. 이러한 피부는 얼굴이나 손, 발처럼 노출된 피부는 물론 신체 전체적으로 피부가 아름답다.

피부가 매끈하고 하얀 사람은 화장을 할 필요가 없다. 그 자체로 피부의 아름다움을 충분히 표현할 수 있기 때문이다. 하지만 피부가 청결하지 못한 사람은 화장으로 손질할 필요가 있다. 중요한 것은 대외적인 이미지 관리상 화장을 했을 경우 집으로 돌아왔을 때 그 화장기를 깨끗이 지워야 한다는 사실이다. 화장은 하는 것보다 말끔하게 지우는 것이 더 중요하다. 잘 지워야 피부를 어느 정도 깨끗하게 유지할 수 있기 때문이다.

피부는 항상 똑같은 상태를 유지하지 않고 계절, 나이, 생활환경에 따라 수시로 변한다. 피부를 아름답게 가꾸려면 그때그때 변하는 자신의 피부 상태를 정확히 파악해 적절한 방법으로 손질해야 한다.

결론적으로 말해 아름다운 피부의 제1조건은 신체적, 심리적 건강이다. 아무리 겉보기에 아름다울지라도 몸과 마음이 건강하지 못하면 화려한 화장도 무용지물이 되어 버린다.

아름다운 피부의 배경은 편안한 환경

누구나 깨끗하고 아름다운 피부를 원한다. 언제까지라도 아름다운 피부를 간직하고 싶어 하는 것은 거의 본능에 가깝다. 늘 피부에 신경 쓰고 청결을 유지하면 어느 정도 깨끗한 피부를 얻을 수 있다. 매일 크림을 사용하는 것만으로도 피부가 좋아지는 경우도 있다. 이런 사람은 대개 지금까지 피부를 거의 손질하지 않았거나 잘못된 손질을 해온 경우다. 매일 시간을 들여 피부를 손질했음에도 피부가 깨끗해지지 않는 사람은 잘못된 방법으로 피부를 손질하는 것은 아닌지 살펴봐야 한다.

가령 화장품 가게의 점원이나 화장품 회사에서 화장법을 소개하는 여성 중에는 매일 피부를 손질하고 있음에도 화장을 하지 않으면 피부가 깨끗해 보이지 않는 사람이 많다. 이는 자신이 잘 알고 있는 화장품에 너무 의지해 기초적인 손질을 제대로 하고 있지 않기 때문이다.

가끔 물이 바뀌면 피부가 거칠어진다고 말하는 사람도 있다. 야외로 나갔을 때나 여행할 때 피부가 거칠어졌던 경험을 해본 사람도 많을 것이다. 흔히 몸이 피곤하거나 밤샘을 했을 경우에는 피부에 윤기가 없어지고 화장이 잘 먹지 않는다. 충치를 빼거나 배가 아플 때도 마찬가지 현상이 나타난다. 생리 전이나 생리 중에 피부가 거칠어지는 여성도 적지 않다. 인체 내에 약간의 변화만 생겨도 피부에 미묘한 이상이 발생하는 것이다.

육체적 변화만 피부에 영향을 미치는 것은 아니다. 정신적인 면도 피부에 중요한 영향을 미친다. 흔히 "사랑을 하면 예뻐진다"고 말한다. 마음속에 무언가 기쁘고 즐거운 일이 있을 때는 아무 말 하지 않아도 다른 사람이 알 수 있다. 그 이유가 태도나 표정 등에 드러나기도 하지만 무엇보다 피부에 윤기가 흐르고 탄력이 생기기 때문이다. 반면 어떤 걱정거리가 있거나 애인과 다퉜을 경우, 직장에서 스트레스를 받을 경우에는 피부가 거칠어진다. 피부색이 나빠지고 피부의 탄력도 사라지는 것이다. 이는 정신적 스트레스가 인체 내에서 균형을 무너뜨리고 혈액순환이나 호르몬 분비 등에 영향을 주어 피부 변화를 일으키기 때문이다.

개중에는 갑작스런 기온 변화로 피부가 가렵거나 빨갛게 되는 사람도 있다. 또한 늘 쓰던 화장품인데 갑자기 가려움증을 일으키기도 한다. 이런 피부는 외부 환경에 민감하게 반응하는 타입이므로 피부 손질에 유의해야 하며 순한 화장품을 선택하는 것이 좋다.

이처럼 피부는 신체의 내외적 영향에 민감하게 반응하므로 피부의 아름다움을 위해서는 매일 음식, 운동, 수면 등에 신경을 써야 한다. 그렇다고 더위나 추위 등의 환경 변화에 지나치게 신경 쓸 필요는 없다. 자신에게 무엇이 결핍돼 있는지, 중요한 것이 무엇인지 파악해 이를 보완하기 위해 노력하면 피부는 점점 아름다워진다. 어쨌든 아름다운 피부를 간직하려면 무엇보다 정신적으로 편안해야 한다. 스트레스를 줄이고 긍정적인 사고방식을 지녀야 하는 것이다. 또한 피부 손질 방법을 정확히 알고 활용하는 것이 중요하다.

🍀 고운 피부에 영향을 주는 피구

살결이 부드러운 여성은 대개 피부가 곱다. 살결만 봐도 누구나 피부 상태를 알 수 있으며 살결이 고운 피부

는 표면이 매끄러운 반면 그렇지 못한 피부는 거칠거칠
하다.

　대체 살결이라는 것은 무엇을 말하는 것일까?

　피부를 돋보기로 들여다보면 피부 표면에 그물처럼
가느다란 골이 수없이 뻗어 있는 것을 볼 수 있다. 이것
을 **피구(皮溝)**라고 한다. 이 피구가 서로 교차하는 곳에
조그만 구멍이 있는데 이를 자세히 들여다보면 그곳에
서 털이 자라고 있음을 알 수 있다. 땀을 내는 구멍 역시
이 피구에 있다.

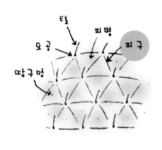

　　피구와 피구의 간격, 피구의 깊
이 및 폭은 사람에 따라 각각 다
르다. 이러한 피구가 얕고 폭이
좁은 살결이 고운 피부다. 반면
피구가 깊고 폭이 넓으면 그만큼
피부의 구멍이 커지므로 살결이
거칠어진다.

　이처럼 피부의 성질은 선천적 요소의 영향을 크게 받
지만 환경에 따라 혹은 피부 손질의 좋고 나쁨에 따라
어느 정도 바뀌기도 한다. 일반적으로 여성이 남성보다
살결이 고운데 나이를 먹으면 오히려 여성이 더 거칠어
지기도 한다.

　나이를 먹을수록 피부가 거칠어지는 것은 어쩔 수 없
는 일이다. 또한 일하지 않고 살 수는 없으므로 일에 몰

입하다 보면 피부가 상하기도 한다. 이러한 상황에서 피부를 최대한 보호하려면 화장품을 사용해 꾸준히 피부를 관리해야 한다.

🍀 화장하지 않고도 윤기가 흐르는 피부

피부의 가장 큰 역할은 외부의 자극으로부터 몸을 보호하는 데 있다. 그밖에도 피부는 차가운 공기, 햇빛, 더러운 공기 등이 인체에 직접적으로 영향을 미치지 않도록 해줄 뿐 아니라 체온도 조절한다. 더울 때는 땀을 내 그 증발열로 체온을 떨어뜨리고 추울 때는 털구멍을 막아 체온이 떨어지지 않게 하는 것이다.

피부는 언제나 꽤 많은 수분을 함유하고 있다. 피부에 수분이 조금밖에 없으면 피부가 건조하고 푸석푸석해진다. 반면 수분이 지나치게 많으면 부은 듯한 상태가 되어 버린다. 따라서 피부는 적당한 양의 수분을 함유하고 있는 것이 좋다. 그래야만 피부가 촉촉하고 윤기 있는 상태를 유지할 수 있기 때문이다. 이런 상태에서는 굳이 화장을 하지 않아도 피부가 부드럽고 촉촉하다.

피부의 수분은 혈액순환과 체액의 흐름에 좌우되며 전신질환, 피로, 수면부족, 스트레스 등의 영향을 받기도 한다. 예를 들어 겨울에 손등이 거칠 경우 크림을 쓰지 않아도 손등을 세게 문지르면 어느 정도 피부가 촉촉해진다. 이는 손등을 문질러 혈액순환이 잘되도록 했기 때문이다.

또한 윤기 있는 피부는 **지방의 분비**와도 관련이 있다. 피부의 표면에는 피지막이라는 얇은 지방층이 있는데 이 지방층이 많고 적음에 따라 피부의 성질이 달라진다.

🍀 피부의 성질에 따른 유형

사물마다 저마다의 성질과 모습이 있듯 피부에도 나름대로의 성질과 모습이 있다. 따라서 피부를 아름답게 가꾸려면 먼저 자기 피부의 성질과 모습을 파악해야 한다. 다른 사람의 피부에 잘 맞는다고 해서 그것이 자신에게 맞는다는 보장은 없다. 오히려 자신에게 해로운 경우가 적지 않다. 아무리 좋은 화장품도 피부에 맞지 않으면 효과는커녕 오히려 부작용만 생길 뿐이다.

중요한 것은 피부를 제대로 이해하는 것이다. 피부와의 전쟁에서 이기기 위해서라도 먼저 내 피부의 성질을 알아야 한다.

피부는 **수분**과 **피지의 분비 정도, 모공의 크기** 등에 따라 보통 세 가지 유형으로 나눌 수 있다. 중성피부와 건성피부, 지성피부가 그것이다. 피부의 성질은 사람에 따라 얼굴에 기름이 흘러 번들거리는 사람, 콧등이나 코언저리에 기름이 떠서 하루에도 몇 번씩 기름을 닦아 내지 않으면 안 되는 사람, 피부가 마르고 거친 사람, 아무리 크림을 발라도 피부에 윤기가 없는 사람 등 각각 다르다. 이는 보통 사람과 비교해 피지 분비가 많거나 적기 때문에 일어나는 현상이다.

분비된 피지는 피부 표면에 피지막이라는 얇은 지방막을 만들고 이는 외부의 자극으로부터 피부를 보호하는 작용을 한다. 그런데 피지는 그 양에 따라 미용상 여러 가지 문제를 일으킬 뿐 아니라 피부병을 유발하는 원인이 되기도 한다.

건성피부, 지성피부, 중성피부 중에서 가장 좋은 것은 중성피부라고 한다. 하지만 중성피부는 흔치 않으며 대개는 건성피부 혹은 지성피부의 특징을 보인다.

건성피부는 피지와 땀의 분비가 적어 얼굴이 항상 건조하고 윤기가 없다. 따라서 세안 후에 손질을 하지 않으면 피부가 땅기고 저항력이 약해 피부가 헐기 쉬우며 입가나 눈 꼬리 등에 잔주름이 잘 생긴다. 주로 화장이 잘 받지 않고 들뜨는 경우가 많다. 이런 상태는 겨울철이나 나이가 들수록 심해지므로 영양 에센스 오일 등으로 수시로 유분을 공급해 주어야 한다. 영양 농축액을 거즈에 충분히 적셔 얼굴에 10분 정도 얹어 두는 오일 마스크는 건성피부에 유분을 보충하는 가장 좋은 방법이다.

지성피부는 피지선과 땀샘의 활동이 활발하며 피지 분비량이 많다. 세안을 해도 곧바로 기름기가 돌고 특히 피지 분비가 많은 이마나 턱, 코 등에 피지가 막혀 여드름이 생기기 쉽다. 따라서 피지 분비 과다로 피부 표면이 번들거리거나 지저분해지는 것을 막으려면 꼼꼼히 세안을 해야 한다. 청결을 위해 일주일에 한두 번 벗겨 내는 타입의 팩을 하는 것이 좋다. 특히 진흙 팩이라 불리는 점토 성분의 클레이 팩은 흡착력이 강해 피지 분비가 많고 각질층이 두터운 지성피부에 효과적이다.

중성피부는 피부의 질과 색에 통일감이 있고 피부가 투명하다. 또한 부드럽고 유연하며 번들거림이나 건조한 부분이 없다. 피지와 수분의 분비도 균형이 잡혀 있고 얼굴에 피부 트러블이 거의 일어나지 않는다. 이러한 중성피부는 모공이 작으며 주름이 거의 보이지 않는다.

지성피부와 건성피부는 사람에 따라 다른 것은 물론 똑같은 사람도 신체 부위에 따라 다르게 나타난다. 화장품을 구입할 때 한번쯤은 피부가 지성이니 건성이니 하면서 여러 가지 화장품을 권유하는 점원을 만난 적이 있을 것이다. 화장품 판매에서 이 정도는 상식이라고 할 만큼 기본적인 지식이기 때문이다.

피부 타입에 따른 피부 관리

	중 / 건성 피부	중 / 지성 피부	모든 피부
T존	- 피부가 땅기고 연약하며 까칠해 보인다. - 이마 위 피부가 쉽게 들뜨고 잔주름이 있다. - 모공이 작다.	- 낮 동안 유분기가 많아 번들거린다. - 코와 턱 주변의 모공이 크다. - 피부 트러블이 잦다.	- 자외선에 민감한 편이다. - 얼굴빛이 거무칙칙하다.
볼, 눈 주위	- 피부가 쉽게 들뜬다. - 눈가와 입 주위에 잔주름이 있다.	- 피부가 부드럽고 유연하다. - 눈과 입 주위에 잔주름이 적다.	
필요한 제품	- 건조하지 않은 제품. - 클렌징을 할 때 피부의 자연 유분을 유지해 주는 클렌징크림. - 항상 수분을 유지시켜 주는 보습 제품. - 낮 동안 자외선에 의한 피부 손상을 막아 주는 자외선 차단제가 함유된 제품.	- 번들거리지 않도록 유분기가 조절된 성분을 배합한 제품. - 모공을 막지 않는 제품. - 피지선을 자극하지 않으면서 피부는 청결하게 해 주고, 번들거림은 없애 주는 클렌징크림. - 낮 동안 자외선에 의한 피부 손상을 막아 주는 자외선 차단제가 함유된 제품.	- 피부색을 맑고 깨끗하게 해주는 제품. - 자외선 차단제를 함유한 제품.

화장품 가게뿐 아니라 미용실에서도 미용 상담을 해주며 손님을 관리하기도 한다. 그러나 이런 말에 솔깃해 구입한 상품은 가끔 부작용을 일으킨다. 오다가다 만난 사람들의 단순한 조언이나 충고에 따를 것이 아니라 자신의 피부에 대해 정확한 유형을 구분하고 나서 그에 적합한 화장품을 구입하는 것이 가장 현명한 자세다.

피부과 의사에 따르면 화장품 부작용으로 여드름이 난 환자를 진찰할 때는 가능한 전신 피부의 상태를 확인해야 한다고 한다. 흥미롭게도 얼굴과 몸의 피부 성질이 놀랄 만큼 판이한 사람도 있다. 따라서 가령 피부가 지성인 사람은 치료할 때 먹는 약과 더불어 주사 같은 전신적인 치료도 필요하다.

얼굴이나 어떤 한 부분만 치료하는 것은 잘못된 방법이다. 심지어 같은 얼굴에서도 양 볼과 이마는 지성인데 목과 코는 건성인 사람도 많다. 이 경우 각 부분에 따라 그 유형에 맞는 화장을 해야 한다. 그러나 현실적으로 그런 부분에까지 세심하게 신경 써서 관리하는 사람은 드물다. 어쨌든 건강하고 아름다운 피부를 원한다면 자신의 피부를 스스로 잘 관찰해 자신에게 맞는 화장품을 선택해야 한다.

성별에 따른 피부의 차이

과학적인 발견에 따르면 동물의 세계에서는 암컷보다 수컷이 더 화려하고 아름답다고 한다. 그 이유는 정확히 알 수 없지만 이는 우리가 알고 있는 일반적인 상식과 차이가 있다. 흥미롭게도 전문가들은 본래 남성의 피부가 여성의 피부보다 대체로 청결하다고 한다. 물론 청결하다는 것과 부드러운 것은 다른 개념이다.

신체 구조의 변화도 피부에 많은 차이를 가져온다. 특히 여성의 신체 구조는 출산이라는 큰 변화를 맞이하는데 적합하도록 많은 피하지방이 축적된다. 이것이 소위 여성다운 체형을 만들어낸다. 여성의 피부를 접했을 때 부드러움이 느껴지는 이유는 피부와 동시에 피하조직도 느끼기 때문이다.

남성은 여성과 다르다. 남성이 남성답게 변할 때는 목소리가 커질 뿐 아니라 수염이 짙어지고 몸 전체의 근육이 발달하게 된다. 여성은 피하지방이, 남성은 근육이 발달하는 것이다.

몸의 표면을 감싸는 피부만 비교해 보면 남성이 훨씬 깨끗하다. 이러한 정보는 피부 관리에 매우 중요한 포인트가 된다. 대표적인 예로 남성 화장품과 여성 화장품은 그 효과 면에서 뚜렷한 차이가 있다.

깨끗한 것과 별개로 남성의 피부는 여성과 달리 매우

거칠다. 그 이유는 사춘기에 접어들면서 남성 호르몬이 많아지기 때문이다. **남성 호르몬**은 피지를 많이 분비시켜 지성피부로 만들고 털구멍을 넓히며 각질층을 두껍게 만든다. 이처럼 남성의 피부는 지성이 많기 때문에 오물이 쉽게 달라붙고 살결이 거칠어 털구멍에 더러운 먼지 등이 모이게 된다. 따라서 세안을 자주 해 청결을 유지해야 한다.

더러움이 잘 타는 남성의 피부는 다행히 여성에 비해 피부 결이 두터워 아무리 세안을 자주 해도 손상되지 않는다. 그러므로 시간이 나는 대로 서너 차례 세안을 하는 것이 좋다. 특히 모공을 막고 있는 노폐물이나 피지를 제거하기 위해 떼어 내는 타입의 팩을 일주일에 1, 2회 해주면 피부 손질에 도움이 된다. 피지 분비가 왕성한 T존 부위에는 일주일에 2, 3회씩 부분 팩을 하는 것이 효과적이다.

피부도 나이를 먹는다

피부도 나이에 따라 많은 변화를 겪는다. 피부가 아무리 건강하고 탄력이 있을지라도 60대 노인에게서 20대 청년의 싱그러운 피부를 발견하긴 어렵다. 일정 시기가 지나면 피부는 노화 과정에 들어가게 된다. 사람이 점점 늙어가듯 피부도 늙어가는 것이다. 이것을 피부 노화 현상이라고 한다.

피부는 나이를 먹어가면서 노화 현상이 일어나 탄력을 잃고 주름이 생기기 시작한다. 이러한 노화 현상은 스물다섯 살 무렵부터 시작되므로 이때 피부 손질에 정성을 들여야 아름답고 건강한 피부를 유지할 수 있다.

어떤 학자는 세상에 태어나는 순간부터 노화 현상이 시작된다고 주장하기도 한다. 실제로 한국인의 경우에는 생후 1년까지 주근깨나 기미, 뾰루지, 혹 등을 볼 수 없지만 외국 영화에 나오는 아역을 보면 주근깨가 많이 눈에 띈다. 그렇게 많지는 않지만 한국인에게서 주근깨가 눈에 띄는 때는 초등학교부터라고 한다.

그러나 스무 살 정도가 되었을 때 몸에 주근깨, 기미, 혹 같은 **색소성모반**(피부 색소, 즉 멜라닌의 생성으로 일정 부위의 피부색이 갈색, 흑색, 갈청색, 녹색으로 되는 현상. 선천적 조직 이상이 원인이다)이 전혀 없는 사람은 백 명 중 한 사람 정도에 불과하다. 색소성모반은 멜라닌 색소가 침착된 현상으로 자외선의 영향을 크게 받는데, 이는 나이가 들면서 늘어나게 된다. 만약 이러한 현상을 노화라고 한다면 노화 현상은 태어나는 순간부터 시작된다고 할 수도 있다.

기미를 예방하려면 야채, 과일 등을 충분히 섭취해야 한다. 반면 피부가 햇볕에 민감해지도록 만드는 인공감미료, 방부제, 색소제 등과 항생물질은 피하는 것이 좋다. 나아가 자외선을 직접 쏘이지 않도록 맨얼굴로 외출하지 말고 메이크업(Make-up)은 아니어도 최소한 자외선 차단 크림을 발라야 한다.

주근깨가 생기는 원인은 정확히 알려지지 않았지만 햇볕을 많이 받으면 점점 검어진다. 주근깨가 더욱 짙어지지 않도록 하려면 외출 전에 메이크업을 하거나 자외선 차단 크림을 발라 햇볕으로부터 피부를 보호해야 한다.

피부의 노화 현상은 보통 작은 주름살이 눈에 띄는 순간부터 시작된다. 세상에 태어나면 어린시절, 청년시절, 신혼시절, 중년 및 노년시절을 겪게 되는데 그때마다 피부의 성질도 변한다. 따라서 시기에 맞게 적절히 피부를 손질해야 지속적으로 부드러운 피부를 유지할 수 있다.

🌸 내 피부는 어떤 유형에 속할까?

피부는 크게 지성, 건성, 중성으로 나뉜다. 요즘에는 이를 더욱 세분화해 복합성도 하나의 유형으로 인정하고 있으며 관련 화장품 개발이 활발히 진행되고 있다. 이 중에서 중성피부는 가장 이상적인 피부로 문제가 거의 없다. 복합성은 지성과 건성이 공존하는 피부를 말한다. 그러므로 지성과 건성의 특징을 알면 자신의 피부가 어느 유형에 속하는지 쉽게 알 수 있을 것이다.

피부 유형 체크리스트

① 세안 후 약 20분이 지난 뒤에 아무것도 바르지 않으면 피부가 땅긴다.

② 입 주위가 거칠고 건조하다.

③ 비누를 쓰지 않고 물로만 세안을 했는데도 건조하다.

④ 코 주위에 거뭇거뭇한 모공이 눈에 보인다.

⑤ 이마, 코 주위에 여드름이 잘 생기는데도 볼은 건조하다.

⑥ 메이크업을 한 뒤 2~3시간이 지나면 번들거린다.

⑦ 화장이 잘 지워진다.

⑧ 어느 날 갑자기 뾰루지를 발견한 적이 있다.

⑨ 피부 결이 전체적으로 거칠고 피부에 윤기가 없다.

⑩ 추운 겨울에도 부분적으로 번들거림을 느낀다.

* 지성피부: YES 대답이 6~10개

* 중성피부: YES 대답이 3~5개

* 건성피부: YES 대답이 0~2개

피부가 지성인 사람은 화장이 잘 먹지 않을 뿐 아니라 피부에 여러 가지 이상이 발생하는 경우가 많다.

지성피부가 안고 있는 주요 문제는 다음과 같다.

지성피부
문제점

- 피지 분비가 많아 신체 부분에 여드름이 나기 쉽다.
- 피부의 모세혈관이 넓어지고 붉은 얼굴이 되기 쉽다.
- 피지 분비로 털구멍이 눈에 띄고 그것이 까맣게 보이기도 한다.
- 머리에 비듬이 많아진다.
- 귀에 귀지가 많이 생긴다.
- 피부가 햇볕에 민감해 쉽게 탄다.
- 벌레에 물리거나 상처가 났을 때 화농이 되기 쉽다.
- 화장이 잘 먹지 않거나 화장이 잘 지워진다.

지성피부라고 해서 누구에게나 공통적으로 이런 현상이 나타나는 것은 아니다. 설사 그렇더라도 자신이 지성피부라고 생각된다면 이러한 현상이 나타나는지 꼼꼼히 살펴보는 게 좋다. 중요한 것은 이들 문제가 나타났을 때 어떻게 치료할 것인가 하는 점이다.

치료는 전신의 피부가 지성인지, 아니면 일부분만 지성인지에 따라 달라진다. 물론 피부의 성질이나 지성의 정도에 따라서도 치료를 달리해야 한다. 만약 지루성 습진 등의 병적 이상이 발생했을 경우에는 전문의의 치료를 받는 것이 바람직하다.

특히 지방분이 많이 함유된 음식은 반드시 피해야 한다. 피부가 지성인 사람은 육류를 섭취할 때도 가능한 기름진 부분은 피하는 것이 좋다. 얼굴만 지성인 경우에는 여성 호르몬이 들어간 크림만으로도 효과를 얻을 수 있다. 지성피부는 다른 피부에 비해 먼지가 더 잘 들러붙어 여드름이 나기 쉬우므로 하루에 세 번 정도 비누 세안을 해야 한다. 이때 비누는 자극성이 적은 것을 사용하도록 한다. 여드름은 과다하게 분비된 피지가 원인인 경우가 많으므로 세안 후 뜨거운 물에 적신 타월을 짜서 얼굴에 대면 그 열에 의해 피지가 제거되는 동시에 피지 분비가 억제된다.

반대로 **건성피부**는 피부 표면에 분비되는 지방의 양이 적은 상태를 말한다. 따라서 피지막 형성이 충분치 않고 수분이 증발해 버리기 때문에 피부가 거칠어진다. 건성피부는 피부 표면이 하얀 분을 바른 것처럼 되기도 하고 피부를 긁으면 하얀 선이 생기기도 하는데 특히 겨울에 이런 현상이 심해진다.

건성피부가 안고 있는 주요 문제는 다음과 같다.

- 피지 분비량이 적어 추울 때는 손과 발이 튼다.
- 심한 건성은 피부가 상아껍질처럼 되어 여러 가지 각화증을 일으키기 쉽다.
- 피부 노화 현상이 빨리 나타난다.
- 머리에 고운 분 같은 비듬이 생긴다.
- 피부가 거친 사람이 많다.
- 화장을 해도 얼룩이 지고 화장이 잘 먹지 않는다.

건성피부 문제점

미용의 관점에서 건성피부는 실제 연령에 비해 피부 노화가 빨리 온다는 특징을 보인다. 따라서 피부가 건성인 사람은 비타민 A가 함유된 음식을 많이 섭취하고 동물성 단백질과 야채를 충분히 먹는 것이 좋다.

건성인 사람이 피부가 거칠어지는 것을 막으려면 산성 화장수보다 알칼리성 화장수를 사용하는 것이 바람직하다. 또한 건성피부는 비누를 사용하지 않는 편이 좋다. 물론 습진 등의 병적인 변화가 없는 한 비누를 써도 무방하지만 비누를 사용하면 피부 표면의 지방이 사라진다. 지방이 사라졌을 때 유액이나 크림을 충분히 발라 지방을 보충하면 심한 건성으로 진행되지는 않는다.

피부가 건성인 사람은 자신에게 가장 잘 맞는 비누를 선택하는 것이 좋다. 일반적으로 베이비용 비누처럼 피부에 자극을 주지 않는 것을 사용하는 것이 바람직하다. 그런데 시중에 워낙 다양한 비누가 나와 있기 때문에 어느 것을 사용해야 좋을지 알 수 없는 경우가 많다. 비누는 피부의 더러움을 깨끗이 씻어주고 사용 후에 피부에 촉촉함이 남아 있는 것이 피부에 맞는 것이다.

한편 세안 후에 피부에 남은 물기를 수건으로 마구 문질러 닦으면 피부 결이 엉클어지고 만다. 이 경우에는 수건으로 얼굴을 톡톡 두드려 물기를 닦아 내는 것이 좋다.

건성피부일 경우 흔히 크림을 필수품으로 생각하지

만 때로는 크림이 건성을 더욱 악화시키기도 한다. 특히 파운데이션 종류는 건성을 더욱 악화시킨다. 이러한 화장품이 털구멍을 막아 피지 분비를 방해하기 때문이다. 이런 현상이 발생했을 때는 아침저녁으로 세안한 후에 손으로 피부를 잘 마사지해서 혈액순환을 도운 다음 유액을 발라주면 좋아진다.

마사지는 피부를 위한 건강 체조다. 화장이 잘 받지 않거나 피로할 때, 혹은 환절기에 일주일에 한두 번 정도 마사지를 하면 피부에 활력을 줄 수 있다. 또한 마사지 도중에 관자놀이 등을 눌러주면 지압 효과가 있어서 피로 회복에 도움을 준다. 마사지를 할 때 손놀림의 방향이 잘못되면 오히려 주름이 생기기 쉽다. 이를 피하려면 피부 결에 따라 안에서 바깥쪽으로 마사지를 해야한다.

피부 관리의 시작과 끝

피부 관리란 가능한 피부 본래의 기능을 완전하게 유지시켜 미용상의 문제를 방지하는 것은 물론, 아름답고 깨끗한 피부로 가꾸는 것을 말한다. 이를 위해서는 자신의 피부에 맞는 화장품을 사용하고 알맞은 미용 방법을 이용하며 정신적, 신체적으로 건강한 생활습관을 유지해야 한다.

좋은 생활습관은 아름다운 피부를 가꾸는 데 필수적인 조건이다. 수면부족과 스트레스에 시달리는 사람이 피부에 신경을 쓰면 오히려 더욱 스트레스를 받게 된다. 피부 관리의 핵심은 충분한 수면과 수분 섭취, 적당한 운동, 스트레스 방지, 음주 및 흡연 절제, 커피 같은 자극성 음식의 절제 등 좋은 피부를 유지할 수 있는 여건을 조성하는 데 있다. 이러한 생활 여건을 갖춰야 비로소 피부 관리를 위한 다른 여러 가지 노력도 효과를 볼 수 있다.

건강한 신체 그리고 좋은 생활습관을 갖추기 위한 노력과 더불어 중요한 것이 자신에게 맞는 화장품을 사용하는 일이다. 피부 관리의 관점에서 무엇보다 중요한 화장품은 **기초 화장품**이다. 메이크업 종류는 피부 관리보다 가공된 아름다움을 추구하는 것이기 때문에 피부와 직접 연관되지 않는다. 물론 같은 메이크업도 피부 상태에 따라 화장 효과에 엄청난 차이를 보인다.

'화장이 잘 받는다' 거나 '화장이 잘 먹지 않는다' 는 말을 달리 표현하면 '피부 상태가 좋다' 혹은 '피부 상태가 좋지 않다' 는 것과 같다. 그러므로 피부 관리를 위해서는 자신에게 맞는 기초 화장품을 선택해야 한다. 기초 화장품은 피부 관리의 시작과 끝이라고 해도 과언이 아니다.

기초 화장을 두고 단순히 메이크업을 잘 받게 하기 위한 작업이라고 생각한다면 그것은 큰 오해다. 메이크업이 잘 받느냐 그렇지 않느냐는 피부 상태가 좋은가 좋지 않은가에 달려 있다. 그리고 기초 화장은 메이크업이 잘 받을 수 있도록 피부를 항상 '좋은 상태'로 유지하는 역할을 한다. 결국 기초 화장은 메이크업이 아니라 피부 관리의 측면에서 바라보아야 한다. 사실 가장 아름다운 화장은 아름다운 피부 그 자체라고 해도 과언이 아니기 때문이다.

자신에게 맞는 화장품을 선택한다는 것은 곧 자신의 피부 유형에 맞는 기초 화장품을 선택한다는 얘기나 마찬가지다. 기초 화장품이란 피부를 손질해 피부 결을 곱게 정돈하는 것을 목적으로 하는 화장품으로 스킨케어(Skin Care) 제품이라고도 한다.

피부 상태는 건강, 호르몬의 분비 정도, 수분 및 피지의 분비 정도, 정신적인 상태 등 내적인 요소와 더불어 계절, 기후, 환경 등 외적인 요소에 따라 항상 달라지게 마련이다. 그중에서 외적인 요소로부터 피부를 정상적인 상태로 보호하도록 도와주는 것이 화장품이다. 그러므로 기초 화장품은 피부구조학, 피부생리학, 피부의학적인 관점에서 생산되어야 하고 사용하는 사람도 각자 자신의 피부 유형에 맞는 제품을 사용해야 한다.

part2

화장품을
생각한다

반드시 알아야 할
화장품 지식

🌿 이것만은 꼭 알아두자

화장품을 구입할 때 가장 먼저 떠오르는 생각은 '이 화장품을 사용해도 괜찮을까' 혹은 '내게 어떤 화장품이 맞을까' 하는 것이다. 하지만 그보다 선행되어야 할 것은 화장품 각각에 대한 지식이다. 화장품의 종류가 너무 많고 새로운 제품이 수시로 나오기 때문에 그 하나하나의 내용을 올바르게 이해하는 것은 좀처럼 쉬운 일이 아니다. 더구나 일부 화장품 회사는 화장품의 성분을 극비로 취급하는 탓에 심지어 의사들조차 세밀한 함유물질은 잘 모르는 경우가 많다.

따라서 일반적인 소비자가 자신이 사용하는 화장품의

성분을 확실히 파악하는 것은 현실적으로 불가능한 일이다. 물론 이 부분은 앞으로 반드시 개선되어야 한다.

화장품은 먹는 음식과도 같은 상품이다. 그러므로 피부와 입술에 바르는 화장품도 우리가 입으로 먹는 음식과 마찬가지로 그 성분을 꼼꼼히 파헤쳐야 한다. 이 부분은 화장품을 사용하는 소비자가 반드시 찾아야 할 권리이므로 앞으로 회사나 정부 차원에서 많은 논의가 진행되어야 한다.

어쨌든 현재 상태에서 화장품의 성분을 하나하나 알아내고 자신에게 맞는 화장품을 선택하는 것은 사실상 불가능하므로 화장품의 종류에 따라 적절한 사용법이나 기초 지식을 대략적으로라도 습득해야 한다. 최소한 클렌징크림이나 콜드크림 같은 기초 화장품과 색조 화장품을 어떻게 사용해야 하는지 꼭 알아야 한다. 그러면 종류별로 반드시 알아두어야 할 최소한의 화장품 지식을 살펴보자.

🌹 아름다움을 창조하는 화장수

화장수는 우리가 가장 일반적으로 사용하는 화장품으로 이러한 화장수에는 여러 가지 종류가 있다. 화장수는 각질층에 수분을 보충해 피부를 본래의 상태로 되돌리는 역할을 한다. 한마디로 피부를 윤기 있고 촉촉하게 만들어 생리 기능을 활성화시킨다.

● **수렴성 화장수(아스트린젠트)** : 피부를 잡아당기는 작용을 하는 화장수로 피부에 수분을 보충해 주고 피부 결을 가다듬는 역할을 한다. 보통은 약산성으로 피부에 바르면 여분의 피지 분비를 억제하는 효과도 있다. 손에 화장수를 발라 가볍게 두드리듯 사용한다.

● **유연성 화장수(스킨로션)** : 피부가 거친 사람이 자신에게 맞지 않는 화장수를 사용하면 오히려 피부를 탱탱하게 해주는 피지 분비를 억제해 피부가 더욱 거칠어지기도 한다. 피부가 거친 사람은 일반적으로 알칼리성 화장수를 많이 사용한다. 유연성 화장수는 세안 후 피부 균형을 잡아주고 촉촉하게 해주는 역할을 하므로 피부 결에 따라 마사지를 하듯 사용한다.

● **영양 화장수와 기타 화장수** : 영양 화장수는 피부에 수분을 보충해 주고 탄력 있는 피부를 유지시킨다. 최근에는 과학의 발달로 자연 성분에서 추출한 화장수가 많이 등장하고 있다. 앞에서 말한 수렴성 화장수와 유연성 화장수를 함께 사용하면 더욱 큰 효과를 볼 수 있다.

🌸 신이 선물한 최고의 화장품

물은 인류가 사용한 최초의 세안제로 피부에 아무런 해독을 주지 않는 자연 그대로의 화장수라고 할 수 있다. 물은 그 특성상 공기 중에서 증발하며 피부에 바르면 체온으로 인해 물 분자의 활동이 활발해지면서 상쾌함을 준다. 이러한 물은 경수와 연수로 나뉘는데 화장수로 사용되는 것은 연수다.

물을 이용한 세안은 모든 스킨케어의 기초다. 메이크업을 제거할 때 보통 **클렌징 - 물 세안 - 토닝**에 이르는 3단계 과정을 거치는데 이때 피부는 수분을 공급받고 노화된 각질이 제거되며 신진대사가 촉진된다. 중요한 것은 클렌징크림으로 화장을 지운 다음에는 반드시 물 세안으로 클렌징크림마저 깨끗이 지워야 한다는 점이다.

🌸 더러움을 제거하는 크림

크림의 종류는 매우 다양하며 어떠한 화장품보다 사용 범위가 넓다.

● **클렌징크림** : 클렌징크림은 진한 화장이나 먼지, 기름을 씻어 내는 효과를 극대화한 크림으로 최근에는 배

우처럼 전문직에 종사하는 여성이 많이 사용하고 있다. 일반인은 보통 기초 화장만 하는 경우가 많기 때문에 평소에는 클렌징크림을 거의 사용하지 않는다.

이러한 클렌징크림은 수도 공사를 하는 배관공이나 자전거 및 자동차 수리공이 기계의 더러움을 기름으로 닦아내는 것과 같은 원리로 피부에 작용한다. 기름의 더러움을 기름기로 깨끗이 제거하는 것과 마찬가지로 피부에 바른 화장품을 화장품으로 제거하는 것이다. 기초 화장만 했을 때는 비누로 잘 씻기만 해도 피부를 깨끗이 할 수 있지만, 파운데이션크림을 사용해 메이크업을 했을 경우에는 비누만으로 간단히 제거되지 않는다. 기름샘에 쌓인 분비물은 아무리 비누 세수를 많이 해도 잘 제거되지 않기 때문이다. 이때 클렌징크림으로 한 번 닦아낸 다음 비누로 씻어 내면 말끔히 지워진다.

그런데 클렌징크림은 유성(油性)이 강한 크림으로 피부에 남아 있으면 피부가 유지의 영향을 받아 나빠지는 경우도 있으므로 비누 세안으로 클렌징크림도 깨끗이 제거해야 한다. 물론 클렌징크림은 세안용이기 때문에 피부에 잘 흡수되지 않는다. 하지만 클렌징크림을 사용하고 난 후에는 반드시 물이나 비누로 깨끗이 세안을 해야 한다.

● **콜드크림** : 찬 성분의 콜드크림은 피부에 유분과 수분을 공급하고 피부 보호막을 형성해 수분 증발을 막아 준다. 콜드크림의 종류에는 마사지크림, 영양크림 등이 있으며 피부가 거친 사람에게 반드시 필요하다. 물론 그 종류나 성질은 제품에 따라 약간 차이가 있지만 사용법은 대개 비슷하다. 최근에는 각종 색조 화장품이나 기초 화장품의 기능이 향상되면서 점차 사용하는 사람이 줄고 있다.

● **마사지크림** : 마사지크림은 다른 어떤 크림보다 영양과 보습 효과가 뛰어나며 피부를 탄력 있고 윤기 있게 가꿔 준다. 그런데 이 크림에는 광물질이 많이 함유되어 있으므로 크림을 사용한 후에는 반드시 세안을 해야 한다. 특히 여드름이 있는 사람은 모공이나 땀구멍이 막혀 피부가 가렵거나 볼 혹은 입 주위의 피부가 거칠어지는 경우도 있다.

● **영양크림** : 영양크림은 본래 콜드크림에 속했지만 최근에 화장품 기술의 발달로 그 효과가 다양하게 변하고 있다. 무엇보다 영양크림은 피부에 서서히 침투해 오랫동안 영양을 공급하는 특징이 있기 때문에 중년 이후 피부의 탄력이 줄어든 사람이 많이 사용한다.

🌸 고전적인 미인이 사용하는 분과 파우더

분과 파우더는 그 역사가 상당히 오래된 화장품 중 하나다. 피부를 하얗게 만들고자 하는 것은 모든 여성의 소망이었기 때문이다. 물론 지금도 그러한 소망은 변함이 없다.

분과 파우더는 그 종류가 매우 다양하다. 성분에 따라 분류되는 분은 오랫동안 쌀을 이용해 만들어 왔으며 기름 성분으로 되어 있는 파운데이션크림이 널리 이용되고 있다. 분말 혹은 고체로 이루어진 분은 기미나 주근깨를 감춰 주고 피부를 부드럽게 하며 피부 표면의 땀을 흡수해 피부의 번들거림을 방지한다. 집에 있거나 직장에서 일할 때는 주로 분말을 사용하지만 휴대할 때는 분말 상태가 불편하기 때문에 고체로 된 것을 사용한다. 최근에는 콤팩트나 소프트, 페이스컬러 등 새로운 제품이 많이 개발돼 사용이 편리하다.

전통적인 형태의 분은 주로 페이스파우더를 의미하며 이는 분말 형태로 얼굴이 화사하게 피어나는 듯한 느낌을 준다. 분과 파우더의 차이는 성분 그 자체보다 기능에 있지만 최근에는 기술이 발달하면서 그 구분이 모호해졌다.

바쁜 현대인을 위한 파운데이션

　현대인의 하루가 바쁘게 이어지다 보니 화장 역시 효율성과 간편성이 화두가 되고 있다. 현대인은 옛날처럼 세안 후 화장수를 바른 다음 크림을 바르고 그 위에 파운데이션과 립스틱을 바르는 것처럼 정성을 들여 화장할 시간적 여유가 없다. 결혼 같은 특별한 행사 때가 아니면 일일이 화장의 순서를 지켜 꼼꼼하게 화장하기가 어려운 것이다. 이러한 변화를 기회로 보고 등장한 것이 피부를 간단하게 관리할 수 있는 파운데이션 화장품이다. 한마디로 파운데이션 화장품은 여러 가지 화장품을 종합해서 만든 제품이다.

　사람들이 화장을 통해 기대하는 것은 무엇보다 피부 정돈이다. 또한 메이크업이 잘 마무리되고 장시간 화장이 지워지지 않기를 바란다. 그뿐 아니라 화장은 땀구멍이나 털구멍을 막아 땀과 피지 분비를 억제해야 하는데 파운데이션 화장품은 특히 이런 역할을 잘 해낸다.

　파운데이션 화장품은 제조 방법에 따라 크게 로션, 크림, 스틱으로 구분된다. 이 세 종류는 성분상으로는 거의 차이가 없지만 사용법은 다르다. 이러한 파운데이션 화장품은 효율성과 간편성을 염두에 두고 개발된 제품으로 편리성의 이면에 몇 가지 문제점을 안고 있다.

　첫째, 장시간 사용하면 피부 호흡을 방해해 피부 노화

를 촉진한다.

둘째, 여드름이 나기 쉽고 화장을 닦아낸 후에도 피지 분비를 나쁘게 해 피부가 거칠어진다.

셋째, 땀의 분비를 억제한다. 특히 활동이 많은 현대 여성에게 많은 부작용을 불러일으킨다.

이런 몇 가지 문제점에도 불구하고 파운데이션 화장품의 사용 범위는 점점 확대되고 있다. 따라서 사용자의 보다 현명한 선택이 요구되며 적절한 장소와 시기에 따라 효과적으로 활용하는 지혜를 발휘해야 한다.

진하게 바르는 립스틱과 볼 화장

예로부터 입술과 볼 화장은 매우 중요하게 여겨져 왔다. 입술 화장품은 우선 입술에 색감을 주어 건강하고 매력적으로 보이게 한다. 나아가 입술이 트는 것과 세균 감염을 방지한다. 입술 화장품의 대표적인 것은 립스틱으로 이것은 많은 여성이 자신만의 개성을 표현하기 위해 사용하는 제품이다.

립스틱의 색상은 유행에 민감하며 특히 젊은 여성에게 사랑받고 있다. 이러한 립스틱은 시간이 흘러도 색상이 입술에 균일하게 남아 있는 것을 선택하는 것이 좋다.

건강하고 아름다운 얼굴색과 매력적인 분위기를 연출하기 위해 사용하는 볼 화장품의 대표적인 것은 볼터치다. 이것은 볼에 부드러운 느낌을 주고 여성스러움을 더해 주며 건강미를 돋보이게 한다. 과거에 볼연지로 불린 볼터치는 간편한 케이스 형태의 제품이 주류를 이루고 있다.

🌸 눈과 눈썹 화장품

파운데이션 화장품이 인기를 끌면서 화장 자체는 많이 간소화되었지만, 예외적으로 눈과 눈썹 화장품은 입술 화장과 마찬가지로 더욱 화려해지고 있다. 눈 화장품에는 마스카라, 아이라인, 아이섀도 등이 있으며 그 주요 특징은 다음과 같다.

● **마스카라** : 속눈썹을 길게 보이고자 할 때나 색상 변화로 눈의 매력을 높이려 할 때 사용한다. 색상은 흑색, 암갈색, 회색, 청색, 보라색 등이 있으며 고체형과 액체형이 있다. 마스카라는 서구 여성들이 즐겨 사용하던 눈 화장품이지만 최근에는 국내에서도 젊은 여성들을 중심으로 사용자가 대폭 늘고 있다. 앞으로 컬러의 다양화 등 패션을 가미한 제품이 속속 개발될 것으로

예측된다.

● **아이라인** : 눈 주위를 강조하기 위해 사용하는 것으로 속눈썹이 난 부위에 가는 선을 그려 눈매를 아름답게 강조한다.

● **아이섀도** : 눈꺼풀이나 눈 꼬리에 색조 혹은 음양을 주어 눈의 입체감을 살린다. 이 화장은 옛날부터 가장 발달한 메이크업으로 처음에는 약용 목적으로 사용되었지만 점점 미용적인 측면에 초점을 맞추게 되었다. 아이섀도는 바를 때 날림이 없어야 하고 또한 지속력이 좋아야 한다.

🍀 아름다움을 위한 액세서리, 향수

향수는 오랜 옛날부터 즐겨 사용해 온 화장품으로 아름다움을 창조하기 위한 액세서리라고 할 수 있다. 일부 식물과 동물이 종족 보존을 위해 향을 사용하는 것과 유사하게 인간은 자신만의 향기를 찾기 위해 많은 노력을 기울여 왔다.

인간이 향을 사용한 최초의 동기는 신에게 경의를 표하는 데 있었다. 고대 이집트에서는 귀부인들이 향으로 목욕을 하거나 향료를 몸에 바르기도 했다. 이처럼 향수의 역사는 매우 오래되었고 옛 문헌에도 자주 등장한다. 우리나라에서는 특히 사향을 많이 사용했는데 양반집 규수가 시집갈 때 사향이 든 향집을 채워 보냈다고한다.

향수는 일반적으로 향수, 오데코롱, 샤워코롱으로 구분한다. 이러한 향수는 처음부터 지나치게 강한 향을 사용하면 거부감을 느끼게 되므로 먼저 오데코롱이나 샤워코롱 종류를 사용해 향에 익숙해지는 것이 좋다. 오데코롱은 2~7퍼센트의 향료를 함유하고 있고 한두 시간 정도 향이 지속된다. 처음으로 향수를 사용하는 경우 집이나 직장에서 가볍게 사용하기에 적합하다. 샤워코롱은 1~5퍼센트의 향료를 함유하고 있으며 향이 약한 편이다. 따라서 향수를 처음 사용하는 사람이나 은은한 향취를 즐기는 사람이 사용하는 것이 좋다.

무엇보다 주의할 것은 향수를 자주 사용하면 그 강도가 점점 강해진다는 사실이다. 매일 같은 향수를 사용할 경우 스스로 면역이 생기기 때문이다. 자신에게 익숙한 향이라고 해서 타인도 마찬가지일 거라고 착각해서는 안 된다. 비록 여러 분야에서 향기 요법이 발달하고 있긴 하지만 다른 한편으로 향수의 오용이 폐질환을 일으킨다는 보고도 있으므로 주의해야 한다.

향수병의 마개를 열었을 때 처음으로 맡을 수 있는 향

은 본래의 향취가 아닌 알코올 냄새다. 따라서 한두 방울을 떨어뜨린 뒤 10분쯤 지난 후에 향을 맡아 보고 나서 선택하는 것이 좋다. 이러한 향수는 천연의 꽃향기를 모방해 만든 화향 향수와 꽃 이외에 조향사가 상상한 이미지를 향으로 만든 환상 향수로 나뉜다.

화장품 성분의 비밀

여성은 화장품 용기 속에 마치 비너스의 선물이라도 들어 있는 것처럼 화장품에 매료된다. 과연 그 속에는 비너스의 정성 어린 선물이 들어 있을까? 화장품은 대체 무엇으로 만드는 걸까? 화장품 성분은 일반 소비자들이 잘 알지 못하는 부분이지만 앞으로는 자신이 사용하는 화장품의 효과와 더불어 많은 관심을 기울여야 한다.

화장품에는 향료를 제외하고도 2,000여 종이나 되는 화학물질이 첨가돼 있다. 유성 성분과 유화 성분이 골고루 섞이도록 하기 위해 유화제, 살균제, 방부제, 색소, 향료 등이 들어가는 것이다. 이러한 화장품은 국내에서 생산되는 가짓수만 해도 약 1만 종에 이르며 매년 수천 종류의 신제품이 개발된다. 해마다 제품별로 남녀, 연령, 유통경로, 계절, 제품의 특성, 가격대 등에 맞춰 신제품이 개발되기 때문이다. 이들 제품은 사용 형태별로 크게 기초, 메이크업, 모발, 바디, 방향 제품으로 나눌 수 있다.

화장품에 사용되는 원료의 종류도 화장품의 종류만

큼이나 많다. 현재 약 5,000종의 원료가 개발되었으며 하나의 제품에는 20~50종의 원료가 혼합되어 들어간다. 이런 까닭에 화장품에 관한 연구 중 가장 큰 범위를 차지하는 것이 바로 원료의 배합이다.

화장품 원료는 크게 물에 녹는 수용성 성분과 기름에 녹는 지용성 성분으로 나눌 수 있다. 화장품 제조 기술의 성패는 잘 섞이지 않는 이 두 가지 성분을 얼마나 적절하게 혼합하느냐에 달려 있다. 또한 배합되는 성분을 얼마나 불순물이 없는 상태로 개발해 내느냐 하는 것도 중점적인 연구 과제다. 한마디로 화장품 개발은 최대의 효과를 발휘하는 성분을 추출해 배합하는 일에 집중되어 있다.

화장품의 원료는 크게 다음의 다섯 가지로 나눌 수 있다.

자연의 신비, 물

우리 주변에 대량으로 존재하는 물은 그 자체로 혹은 용매와 함께 다양하게 이용되고 있으며, 화장품은 물의 화학적 특질을 잘 활용하고 있다. 천연수에는 순수하게 H_2O만 들어 있는 것이 아니라 여러 가지 물질이 함유되어 있다. 그중에서도 경수는 칼슘과 마그네슘을 다량 함유하고 있는데, 그 금속 성분의 방해를 받는 탓에 화장품 원료나 세정용 물로 쓰기에 부적합하다. 따라서 경수는 이온교환수지를 통과시켜 금속 성분을 제거한 연수로 만들어 쓴다.

보편적인 성분, **알코올**

알코올 하면 보통 가장 일반적으로 사용되는 에탄올을 의미한다. 알코올은 종류가 매우 다양하고 또한 종류에 따라 성분이 다르다. 알코올의 종류는 분자 속에 포함된 탄소 수를 통해 분류하는데, 탄소 수가 적은 알코올을 저급 알코올이라고 하고 탄소 수가 많은 알코올을 고급 알코올이라고 한다. 탄소 수가 많은 고급 알코올일수록 점성이 증가하기 때문에 물과 잘 혼합되지 않는다. 또한 고급 알코올 중에는 물에 녹지 않는 고체도 있는데 이것은 냄새가 거의 나지 않는다.

에탄올은 당화 발효로부터 생성되며 보통 에틸알코올(일상적인 명칭은 에탄올) 혹은 주정으로 부른다. 이것은 특이한 자극성의 냄새가 나는 무색의 휘발성 액체로 물, 글리세린, 에테르(산소 원자에 두 개의 탄화수소기가 결합된 유기 화합물), 클로로포름(표백분에 알코올이나 아세톤을 넣고 증류해서 얻는 무색의 유독한 휘발성 액체)과 일정 비율로 혼합한다.

보통 용제(물질을 용해하는 데 쓰는 액체)로 많이 쓰는 에틸알코올을 화장품 원료로 사용하는 이유는 이것이 두 가지 성질을 지니고 있기 때문이다.

첫째, 다른 물질과 혼합되어 그것을 녹이는 성질이 있다. 예를 들어 물에 잘 녹지 않는 향료는 알코올에 녹여서 사용한다. 일반적으로 향수, 로션, 투명비누 등을 제조할 때 에틸알코올이 필수적으로 들어간다.

둘째, 알코올은 탈수 작용을 하기 때문에 건조 목적으로 사용된다. 또한 소독 작용과 피부 자극 작용이 있어 화장수나 양모제 등에 사용하기도 한다.

글리세린 역시 일종의 알코올이라고 할 수 있다. 글리세린은 분자 하나 속에 수산기 세 개를 갖고 있는 3가 알코올로 무색이며 단맛이 나는 끈끈한 액체다. 보통 비누를 제조할 때 부산물로 생성된다. 글리세린의 가장 중요한 성질은 수분을 흡수하는 데 강하다는 점이다. 따라서 글리세린을 함유하는 화장품을 사용할 경우 글리세린이 공기 중의 습기를 흡수해 피부나 털의 건조를 막아 준다. 하지만 너무 진한 액을 사용하면 오히려 피부 조직으로부터 수분을 흡수하는 탓에 피부를 거칠게 하므로 선택에 주의해야 한다.

인간이 추출해 낸 유성 원료

유성 원료는 화학적 구성에 따라 유지(油脂), 납, 광물성 유, 기타로 나뉘며 각각의 특성에 맞게 쓰인다. 이들 원료는 주로 유제에 사용되지만 화장품에 배합되어 피부에 유분을 주는 성분으로 쓰이기도 한다. 그러면 그 각각의 특징에 대해 알아보자.

유지는 고급 지방산과 글리세린의 화합물로 글리세리드가 주요 성분인 것을 총칭해서 일컫는 말이다. 이러한 유지는 일반적으로 생물체, 특히 동물의 피하조직이나 식물의 종자에 많이 함유되어 있다. 보통 상온에서 고체 혹은 반고체인 것을 지방이라 하고 액체를 기름이라고 한다.

순수 유지는 색, 냄새, 맛이 없는 고체 또는 액체로 물이나 알코올에는 거의 녹지 않지만 에테르, 휘발유, 클로로포름 등의 용액에는 녹는다. 이것은 물보다 가벼운 (비중 0.91~0.98) 혼합물로 일정한 융해점이 없고 끓는점은 높은 편이다.

식물성 기름의 경우에는 다른 분류에서와 마찬가지로 건성유, 반건성유, 불건성유 등으로 나뉜다.

● 건성유 : 공기 중에 그대로 방치하면 산화 혹은 중화되고 굳어져 마른다. 일반적으로 불포화도가 높을

수록 건조성도 크다. 건조성이 큰 기름을 건성유라고 하는데 그 대표적인 것이 아마인유와 대두유다. 이러한 건성유는 페인트, 인쇄 잉크 등에 사용된다.

● **반건성유** : 건조성이 중간 정도로 면실유, 옥수수기름 등이 여기에 해당되며 식용으로 많이 쓰인다.

● **불건성유** : 마르지 않는 기름으로 식용을 비롯해 머릿기름, 비누 등의 화장품 원료로 많이 쓰인다.

건조성은 햇볕을 쬐거나 온도가 상승하면 촉진된다. 식물성 기름 중에서 특히 화장품의 원료로 쓰이는 것은 동백유, 올리브유, 야자유, 카카오지(코코아 버터), 아몬드유, 피마자유, 목랍(옻나무와 거먕옻나무의 익은 열매를 짓찧어 만든 납), 우지, 경화유 등이다.

다음으로 **납**은 고급 지방산과 1가 알코올 화합물을 주성분으로 하며 유지와 마찬가지로 물에 녹지 않고 알코올, 클로로포름 등에 녹는다. 납은 공기 중에 방치해도 지방에 비해 변질이 적고, 화학약품에 대해 안전하기 때문에 알칼리로 분해할 때 오랜 시간이 걸린다. 이러한 납에는 백랍, 경랍, 라놀린 등이 있다.

백랍은 꿀벌이 벌집을 만들기 위해 분비하는 물질인 밀랍을 햇빛으로 표백한 것으로 백색 혹은 담황색의 고형물이며 맛은 없고 특이한 향이 있다. 이것은 물에 녹지 않고 알코올이나 벤젠 등에 녹으며 주로 크림류, 유액, 연지, 헤어크림 등에 널리 사용된다.

경랍은 고래의 머리 부분에서 채취한 기름을 냉각 및 압착해 정제한 것으로 은이나 진주처럼 아름다운 광택이 있고 특이한 냄새가 나는 결정체다.

라놀린은 양모지라고도 하며 양털에 붙어 있는 지방질의 분비물을 비누나 용제로 분리하고 정제한 기름이다. 이것은 담황색 혹은 황갈색의 연한 덩어리로 냄새가 거의 없다.

광물성유는 석유에서 얻는 고급 탄화수소 혼합물로 고형파라핀, 유동파라핀, 바셀린, 세리신 등이 있다. 유지에 비해 변질되지 않는 화장품 원료이며 피부에 대해서는 동·식물성 유지나 납과 동일한 효과가 있다.

● **고형파라핀** : 석유에서 분리된 것으로 맛과 냄새가 없는 탄화수소 혼합 고체다. 융점은 50~75도이고 물이나 알코올에 녹지 않고 에테르, 클로로포름, 벤젠에 잘 녹으며 피마자유 이외의 지방유나 정유에 혼합한다.

● **유동파라핀** : 석유에서 얻는 액체 상태의 탄화수소 혼합물이다. 무색투명하고 형광과 냄새가 없는 기름으로 물과 알코올에는 녹지 않고 에테르, 벤젠에는 잘 녹는다. 비중 및 점도가 때에 따라 달라지는 탓에 정제도가 나쁜 유동파라핀은 피부에 해가

되므로 주의해야 한다.

● **세리신** : 융점이 60~80도로 파라핀과 성질이 비슷하다.

● **바셀린** : 석유에서 얻는 점착성 강한 물질로 백색의 액체가 된다. 백색 바셀린은 냄새가 없으며 물, 알코올에는 녹지 않고 에테르, 이황화탄소에는 잘 녹는다. 주로 크림, 연지, 포마드에 사용하는데 불순한 것을 바르면 멜라닌 색소가 침착되고 물집이 나기 쉽다.

여성을 변화시키는 성분, **안료**

안료란 보통 백색 혹은 유색의 고체 분말로 물이나 기타 용매에 녹지 않는 불투명한 착색료를 말한다. 백색 안료는 백분류의 주성분으로 주로 착색에 사용되고 유색 착색료를 배합해 메이크업용 화장품을 만들기도 한다. 또한 파우더류에도 중요한 원료로 사용된다.

분말 원료는 일반적으로 표면적이 크고 흡착력이 강하기 때문에 유분이나 수분을 흡수 및 증발시키는 힘이 우수하다. 백색 안료가 파우더류 같은 산제나 메이크업용 화장품에 사용되는 것도 이 때문이다.

● **산화아연** : 흔히 아연화라고 부른다. 백색의 미세한 무정형이며 냄새와 맛이 없는 분말이다. 물, 알코올에는 녹지 않고 묽은 산류에는 잘 녹는다. 백분, 파운데이션, 연고 등에 사용한다.

● **이산화티타늄** : 단순히 티탄이라고도 한다. 흰색이며 맛과 냄새가 없는 무정형의 분말로 물, 알코올, 유기용매에 녹지 않는다. 피부에 해롭지 않고 수렴성도 없다. 백분, 파운데이션, 기타 메이크업 제품에 사용된다.

● **탤크** : 활석이라고도 한다. 천연산 마그네슘이 주성분이다. 백색의 미세한 분말로 물, 알코올에 녹지 않으며 비중은 섭씨 15도에서 2.7~2.8이다. 백분, 파운데이션, 연(練)백분 등에 사용되며 탤컴파우더(땀을 억제하고 피부의 감촉을 좋게 하는 분말)의 주요 원료다.

● **카올린** : 고령토(백도토)라고도 하며 천연산 알루미늄 분말로 백색이다. 물, 냉회산, 알칼리에 녹지 않고 비중은 섭씨 15도에서 2.2~2.6이며 백분의 원료다.

기타 성분

화장품에 배합되어 특정 작용을 하는 성분은 매우 다양하지만 여기에서는 화장품에 일반적으로 들어가는 **알칼리제**와 기타 목적으로 사용되는 **알칼리성 물질**에 대해 알아보기로 하자. 과거에는 암모니아수 등의 무기 화합물을 많이 사용했으나 최근에는 트리에탄올아민 같은 **유기 화합물**도 사용하고 있다.

● **수산화나트륨** : 양잿물이라고도 한다. 백색의 고체로 물이나 알코올에 녹고 그 수용성은 강한 알칼리성을 나타낸다. 부식력이 강한 물질로 화장비누, 목욕비누 등의 경비누를 만들 때 사용한다.

● **수산화칼륨** : 가성칼리라고도 하며 성상과 작용이 수산화나트륨과 거의 같다. 수산화나트륨과 마찬가지로 화장품에 사용되며 투명하고 부드러운 칼리비누(고급 지방산의 칼륨염을 이용해 만든 비누)를 만들 때도 필요하다.

● **암모니아수** : 독특하고 강한 냄새가 나는 기체이며 수용액 상태에서는 무색투명하다. 물론 액체일 때도 강하고 자극적인 냄새가 난다.

화장품, 독인가? 약인가?

화장품은 피부가 먹는 식품과 다름없다. 사랑스런 아이들에게 불량식품을 먹이지 않는 것처럼 사랑스런 피부에게도 아무것이나 먹여서는 안 된다. 몸의 건강을 위해 좋은 식품을 선택하듯 화장품도 피부의 건강과 아름다움을 위해 선택해야 한다.

무엇보다 우리가 선택한 피부 음식이 천연 성분인지 아닌지 살펴보아야 한다. 이는 음식 재료를 고를 때 인스턴트보다 천연 재료를 선택하고 천연 재료 중에서도 가능하면 무공해 원료를 선택하는 것과 마찬가지다. 화장품도 바로 그러한 자세로 성분 확인에 나서야 한다. 그렇게 하지 않으면 아름다움을 위해 선택한 화장품이 오히려 아름다움을 망치게 될 것이다.

우리가 화장품의 성분을 제대로 알려고 하는 것은 결코 화장품의 모순을 지적하거나 화장품을 사용하지 말자고 말하려는 것이 아니다. 오히려 그 반대다. 인간에게 반드시 필요한 화장품을 좀 더 정확히 이해하고 합리적으로 선택하기 위해서라는 얘기다.

일반 소비자가 화장품을 제대로 이해한다는 것은 화장품의 성분을 정확히 안다는 것을 의미한다. 화장품의 구성 성분을 정확히 알면 그 화장품이 지닌 효과나 부작용을 알 수 있고 나아가 올바르게 대처할 수 있다. 물론 오늘날에는 화장품 업계 역시 화장품의 문제점을 인식하고 나름대로 많은 대책을 세워 나가고 있다.

아름다운 용기 속의 비밀

기발하고 환상적인 작은 병에서 걸쭉하게 흘러나오는 화장품의 내용물은 과연 마법의 선물일까? 아름다운 피부를 약속하는 그 내용물은 대체 무엇으로 만들어진 것일까? 그러면 그 주요 성분을 간단하게 살펴보자.

먼저 **기름 성분**이 있다. 이것은 유지, 저지방산, 에스테르, 고급 알코올을 말한다. 이러한 기름 성분을 물처럼 잘 풀리게 하거나 끈적끈적한 크림 상태로 만드는 것을 유화제라고 한다. 기름 성분의 종류로는 계면활성제, 습윤제, 분산제, 희석제, 보습제, 기포제, 소포제 등이 있다. 화장품이 쉽게 잘 퍼지고 촉촉한 것은 바로 유화제 덕분이다.

색소, 안료, 향료도 화장품의 중요한 성분이다. 색소는 대개 탈색소인데 이것은 발암성 때문에 식품첨가물로는 사용할 수 없는 것이 많다. 식품으로는 사용할 수 없고 화장품에는 사용할 수 있다는 것이 어딘지 모순처럼 보이지 않는가?

안료는 그림물감이나 크레파스의 원료로 납, 산화철, 카드뮴, 아연 등을 말한다. 그리고 향료에는 합성과 천연 물질이 있다. 우리가 사용하는 합성 향료는 약 4,000종에 달하고 천연 향료는 약 1,500종이다.

이러한 화장품 성분을 혼합해서 만든 화장품은 보존성을 위해 **방부제, 살충제, 산화방지제**를 첨가한다. 이들 중 어떤 것은 생리활성이 강하기 때문에 피부 장애의 원인이 되기도 한다. 그밖에도 **호르몬**과 **비타민, 동식물 추출물** 등의 특수 성분도 들어간다.

결국 아름다움을 위해 사용하는 화장품은 대부분 합성 화학물질의 반죽이라는 것을 알 수 있다. 한마디로 현대 화장품은 화학시대의 부산물이다.

 기름 성분은 기본

화장품의 기본적인 재료는 기름 성분이다. 이 성분은 온갖 타입의 크림과 로션, 립스틱, 마스카라, 파운데이션, 샴푸 등에 거의 빠지지 않고 들어간다. 기름 성분의 주요 재료로는 식물성과 동물성 우지, 라놀린, 밀랍 등

이 있다. 이들은 천연 성분이긴 하지만 라놀린처럼 접촉성 피부염이나 알레르기성 피부염을 일으키는 경우도 있으므로 완전히 안심할 수는 없다.

석유에서 추출한 유동파라핀도 사용하는데 이 성분은 피부를 자극해 습진을 유발한다. 일부에서는 발암성을 의심하기도 하며 실제로 파라핀암이라는 이름도 존재한다. 여기에는 불순물로 강 발암물질인 3~4 벤트필렌이 함유되어 있는데 그것이 발암의 원인일 수도 있다. 기타 재료로는 저지방산, 에스테르, 고급 알코올류가 있지만 이들의 특성은 비교적 약하다.

기름 성분에서 특히 문제가 되는 것은 산패(산소와 결합해 부패를 일으키는 것)다. 기름 성분은 시간이 지나면 산화되어 이상한 냄새를 풍기거나 혹은 변색되는데 이러한 반응은 햇빛을 받거나 습도가 높으면 더욱 강하게 진행된다.

일단 산패가 일어나면 과산화물이 생성되고 이것은 피부의 일차 자극물질로 작용한다. 예를 들어 리놀레인산 과산화물을 건강한 피부에 바르면 강한 염증이나 부종, 붉은 반점 등이 생긴다는 보고가 있다. 일부에서는 과산화물(과산화지질)이 발암과 관계가 있다고 주장한다. 이에 따라 산패를 막기 위해 산화방지제나 살균제를 사용하는데 이것은 또 다른 독성을 일으킨다.

유화제가 피부를 부드럽게 해준다고?

유화제는 기름 성분이 물처럼 잘 풀어지도록 돕거나 그것을 끈적끈적한 크림 상태로 만들어 준다. 이러한 유화제에는 **계면활성제, 습윤제, 분산제, 희석제, 보습제, 기포제, 소포제** 등이 있다.

합성세제의 원료이기도 한 계면활성제는 화장품의 5 ~8퍼센트를 차지한다. 그런데 계면활성제의 사용이 늘어나면서 피부가 부드러워지기는커녕 오히려 거칠어지고 습진이 발생하기도 했다. 그 원인을 연구한 결과 **계면활성제에 피부로부터 지방을 빼앗는 작용과 각질 단백질을 변화시키는 성질이 있다는 사실이 밝혀졌다.** 또한 이 성분이 몸속에 흡수되면 간장 장애를 일으키기도 한다.

습윤제와 용제 역할을 하는 글리세린은 크림에 쓰이는데 고농도일 경우 점막을 자극한다. 분산제, 습윤제, 희석제로 많이 사용하는 트리에탄올아민은 피부 점막을 자극하며 잘 흡수되는 것으로 알려져 있다. 크림, 화장수, 립스틱 등의 보습제, 계면활성제로 사용되는 폴리에틸렌글리콜도 발암성을 의심받고 있다. 또한 합성세제의 주요 원료로 많이 사용되고 화장품에도 들어가는 알코올벤젠소르본산나트륨(ABS)은 지방을 제거하고 피부 장애의 원인이 된다는 의혹이 있다.

물론 유화제는 피부 독성이 비교적 약하지만 개중에
는 발암성이 의심되는 물질도 있으므로 주의해야 한다.

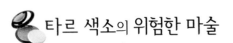 타르 색소의 위험한 마술

화장품 원료에서 색소는 필수적이다. 립스틱, 볼터치,
마스카라 등의 색조 화장품에는 거의 다 색소가 들어
있다. 변신을 꾀하거나 아름다움을 추구하는 사람들의
욕구를 충족시켜 주기 위한 색조 화장품의 특성상 그것
은 어쩔 수 없는 일이다.

색소 중에서도 가장 눈여겨보아야 할 것이 바로 타르
색소다. 색소는 보통 석유 타르에서 분리 및 합성하는
데 일본의 경우 화장품에 약 90종을 사용하고 있다.

일본 화장품에 사용되는 타르 색소

종 류	색 소 명	수량
아조계	적색 1호, 2호, 4호, 5호, 10호, 102호	33
크산틴계	적색 3호, 103호, 104호, 105호	23
트리페닐메탄계	녹색 1호, 2호, 3호	10
안트라퀴논계	청색 204호, 403호	6
파라솔론계	황색 4호, 224호	4
기타	청색 2호, 황색 1호33	14
		계 90

이 중에서 12종은 식품첨가물로 허가된 것이다. 다시 말해 나머지 78종은 식품첨가물로 금지되어 있다는 얘기다. 그 이유는 이러한 색소가 대부분 발암성과 간장 부종의 원인으로 알려져 있기 때문이다. 그렇다면 이처럼 식품에 금지된 것이 피부에 바르는 화장품에 사용되는 것은 괜찮은 일일까? 물론 먹는 것이 아니고 바르는 것이므로 공기 중으로 날아가기도 하고 또한 씻어내므로 안전하다고 생각할 수도 있다.

하지만 립스틱을 바른 여성이 그것을 닦아내고 음식을 먹는 경우는 거의 없다. 또한 혀로 입술을 핥는 경우도 많은데 이때 상당량의 색소가 체내에 축적된다. 결국 발암성 색소가 들어간 화장품을 매일 바르는 것은 자기 피부에다 발암 실험을 하고 있는 것이나 마찬가지다.

타르 색소 중에서도 아조계의 적색 219호는 안면 흑피증(黑皮症)의 원인이 된다고 한다. 특히 타르 색소는 햇빛을 받으면 광독성을 나타내는데 화장은 주로 낮에 한다는 점을 고려하면 매우 위험하다고 할 수 있다.

하얗게 해주는 안료의 정체

하얗고 매끈하게 특수 화장을 해야 하는 배우들의 화장에 주로 사용되는 안료의 역사는 매우 길다. 영화에 나오는 원주민, 인디언, 식인종 등의 얼굴에 채색하는 것이 바로 안료다. 이러한 안료는 그림물감이나 크레파스의 원료로 납, 산화철, 카드뮴 등의 금속 화합물이며 각각 붉은색과 누런색을 띠고 있다.

화장품에 사용하는 안료는 약 20종에 이른다. 이것은 대개 물과 기름에 용해되지 않기 때문에 분말을 현탁물질(액체에 풀려 떠서 액체를 흐리게 하는 물질) 상태에서 사용하는 경우가 많다. 색소와 달리 변색과 탈색이 되지 않는데 최근 화장품에 가장 많이 사용하는 안료는 이산화티탄이다. 백색 안료로 불리는 이산화티탄은 식품첨가물로 지정돼 화이트초콜릿과 화이트치즈에도 사용되고 있다.

몇 년 전 대만제 크림이 피부 장애를 일으킨 적이 있는데, 그 원인은 크림에 수은 성분의 안료가 들어갔기 때문인 것으로 밝혀졌다. 이처럼 안료는 불순물로 인한 문제를 일으키기도 한다. 그렇다면 안료 그 자체의 독성은 어떨까? 아연과 수은 등의 안료 성분에는 강한 독성이 있으며 외국의 경우 이것을 사용한 사람이 중독사한 사례도 있다.

향료, 잘못된 무드의 주범

색과 더불어 향기도 화장품의 중요한 요소다. 향료는 크림과 립스틱뿐 아니라 비누, 치약, 화장실의 방취 스프레이 등에도 이용된다. 향료의 또 다른 역할은 화장품 성분에서 발생하는 불쾌한 냄새를 없애주고 사용할 때 좋은 냄새가 나게 하는 것이다.

화장품에 사용하는 향료에는 크게 **천연 향료와 합성 향료**가 있다. 천연 향료는 고대 이집트 시대, 그리스와 로마 시대에도 널리 보급되었다는 기록이 남아 있다. 그리고 프랑스에서 향수가 확고한 지위를 획득하게 된 계기는 16세기 루이 왕조의 궁전 문화에 있다.

하지만 천연 향료는 값이 매우 비쌌던 터라 화장품에 사용되는 경우는 드물었다. 그러다가 20세기 들어 화학 합성 기술이 발달하면서 약 4,000종에 달하는 화학 합성 향료가 새로운 유행을 주도하게 되었다. 이러한 합성 향료는 단일 품목으로 쓰이는 것이 아니라 몇 가지를 혼합해 값이 비싼 향료와 유사한 향으로 합성하는 경우가 많다. 간단히 말해 향을 위조해서 사용하고 있다는 얘기다.

이러한 화학물질은 때로 피부를 자극하거나 알레르기의 원인이 된다. 저자극성 화장품이 비싸게 팔리는 이유가 바로 여기에 있다. 하지만 화장품에 사용되는 향료를 조사하는 것은 쉽지 않다. 원래 사용하는 종류가 많고 소량씩 복잡하게 배합해서 사용하기 때문이다.

따라서 성분 표시에 단순히 향료라고만 표기할 것이 아니라 사용한 향료를 정확히 밝혀 피부 장애를 방지해야 한다. 천연 향료를 사용하는 경우에도 어떤 천연 향료를 썼는지 또한 실제로 몇 퍼센트나 들어 있는지 표시해야 한다.

향수의 원료

향의 종류	원료	느낌
시트러스	오렌지, 베르가모트, 레몬, 귤, 자몽	신선함, 상큼함, 가벼움
아로마틱	라벤더, 월계수	가벼움, 그린
후로랄	장미, 백합, 히아신스, 일랑일랑(달콤함), 수선화, 재스민	달콤함, 부드러움, 여성스러움
그린	갤바넘, 파슬리, 잔디	그린(초목)
후루티	모든 과일(과일 향은 모두 인조 합성 원료) 블랙커런트	후루티, 달콤함
스파이시	생강, 후추, 계피, 글로브, 주니퍼	자극적이고 강한 향
우디	목단, 삼목, 패추리, 담배	따뜻함
파우더	리헬리오트로프, 아이리스, 고무, 바닐라, 송진	달콤함, 강함, 따뜻함
동물성	무스크향(노루), 용연향(고래), 영묘향(고양이)	지속성이 강함

방부제와 살균제를 피부에 뿌리고 있다면?

사실 화장품의 원료로 쓰는 크림이나 유액 등은 쉽게 부패하는 물질이다. 기름 성분이 산화하면서 박테리아나 곰팡이가 좋아하는 환경을 만들기 때문이다. 이에 따라 화장품 메이커들은 공장에서 대량으로 만든 화장품을 점포에 오랜 시간 진열해도 상하지 않도록 서슴없이 살균제와 방부제를 넣는다.

일본의 경우 식품첨가물로는 금지되어 있지만 화장품에는 사용이 허가된 방부제, 살균제 중에서 살리실산, 페놀, 크레졸, 레졸신 등이 거의 90퍼센트 이상을 차지한다고 한다. 베이비오일이나 베이비파우더 등의 아기용품과 샴푸, 비누 등에 살균제로 쓰이는 헥사클로로펜은 피부 과민증이나 안면 색소 침착(沈着)을 유발한다는 이유로 미국에서 금지되어 있다. 특히 살균제는 화장품을 바르고 나서 우리가 흔히 느끼는 가려움증 등의 부작용을 일으킨다. 메틸파라벤과 프로필파라벤은 비교적 안전성이 높은 방부 및 살균제로 알려져 있다.

화장품의 무서운 부작용

　피부는 마음을 정결하게 가꾸는 것만큼이나 꾸준히 계속해야 한다. 아무리 탱탱하고 예쁜 피부도 조금만 방심하면 어느 날 갑자기 그 탱탱함이 허물어지고 만다. 화장은 적당히 포장하는 것과는 차원이 다른 일이다. 잘 맞지 않는 옷은 옷을 입는 동안만 불편을 느끼는 것으로 끝나지만, 한번 피부가 망가지면 어지간해서는 본래 상태로 돌아오지 않는다. 심지어 흉터가 오래 가거나 없어지지 않는다. 그러므로 화장품을 선택할 때는 신중해야 한다. 화장품의 부작용이 일일이 열거하기 힘들 만큼 많기 때문이다.

　식민지 시절의 개화 여성들은 '동동구리무' 라고 불린 크림과 백분을 하얗게 바르는 것이 화장의 전부였다. 나중에 밝혀진 사실이지만 그 화장품은 납과 수은 덩어리라고 해도 과언이 아닐 정도로 많은 납과 수은을 함유하고 있었다.

　중세 르네상스 시대에 이런 백분으로 화장을 한 여성들은 얼굴의 뼈까지 썩어 들어가는 경우도 있었다고 한다. 그뿐 아니라 납과 수은 중독으로 인해 심각한 질병을 앓았던 것으로 전해진다. 그럼에도 당시의 사람들은 그 원인이 화장품에 있다는 사실조차 알지 못했다.

놀라운 사실은 현대에도 이러한 무지가 여전히 지속되고 있다는 점이다. 많은 여성이 화장품을 선택할 때 그것이 믿을 만한 원료로 만들어진 것인지 별로 신경 쓰지 않는다. 그보다는 피부가 하얘지고 예뻐진다는 유혹에 넘어가 화장품을 선택한다. 여성들이 화장을 통해 예뻐지려고 노력했던 오랜 옛날부터 오늘날에 이르기까지 똑같은 문제가 지속되고 있다는 사실이 놀랍지 않은가? 이 문제를 단순히 제품을 비양심적으로 만들어 내는 기업들만의 탓으로 돌리기는 어렵다. 선택은 어디까지나 소비자의 몫이 아닌가.

화장품을 잘못 선택하면 작은 부작용은 물론 심각한 문제가 발생하기도 한다. 흔한 부작용으로는 여드름 유발이나 약간의 트러블이 있지만 좀 더 나아가면 피부에 심한 염증이 일어나기도 한다. 심지어 피부 깊숙이 침투한 화장품 독성이 혈관을 타고 온몸에 전달돼 또 다른 병을 유발하기도 한다.

지나치게 화장에 매달리면 아름다운 피부를 가꾸기는커녕 오히려 망치고 만다. 두꺼운 화장 밑에서 얼굴이 썩어 가는 것이다. 그렇게 되지 않기 위해 여러분은 얼마나 세심하게 신경을 쓰고 있는가?

수은 덩어리로 밝혀진 중국산 미백 화장품

2000년 무렵, 당시 시판 중인 중국산 미백 화장품에 수은이 허용 기준치보다 최고 9만 배나 높은 것으로 밝혀져 사회적으로 물의를 일으킨 바 있다. 한국소비자보호원에서 국산과 수입 미백 화장품 20종을 검사해 수은 함량을 조사한 결과 7개 수입 화장품에서 허용 기준치인 1ppm보다 2,800~9만 600배가 넘는 수은이 검출되었던 것이다.

이를 기사화한 〈동아일보〉는 이 중 4개 제품이 중국산으로 'CHERI 과산미백거반상'은 수은 함량이 9만 600ppm, '자생당 특효미백거반상'은 8,000ppm이나 되고 나머지 3개 제품은 제조원마저 불분명하다고 쓰고 있다.

이처럼 성분상으로 심각한 문제를 안고 있는 제품들이 오프라인 매장에 버젓이 진열돼 있을 리는 만무하다. 이들 제품은 대개 비정상적인 유통경로로 수입되어 서울 남대문 시장 등의 수입상가에서 싼값에 팔려나갔다. 물론 모두 다 그렇다고 말할 수는 없지만 정상적인 유통경로를 거치지 않고 은밀하게 싼값으로 팔리는 제품은 한번쯤 의심의 눈초리로 확인해 보는 자세가 필요하다.

앞에서 이미 말했듯 수은 성분이 많이 함유된 화장품

은 가려움증, 홍반부종 등의 알레르기 반응을 일으킨다. 더구나 그것을 장기간 사용하면 체내에 수은이 쌓여 심각한 부작용을 불러일으킨다. 피부를 맑고 하얗게 만들고 싶어 하는 것은 모든 여성의 소망이지만 그렇다고 수은이 다량 함유된 저급 화장품을 사용하면 오히려 피부를 망가뜨릴 수 있다. 특히 미백 화장품의 경우에는 성분 표시나 제조원, 그리고 정상적인 유통경로를 통해 판매되는 것인지 꼼꼼히 확인한 후에 구입해야 한다.

뻥튀기 광고의 함정

광고는 과장과 카메라 기술의 극치를 보여준다. 광고 속에 등장하는 모델은 그야말로 주름 하나 없는 탱탱함과 뽀얀 피부를 자랑하지만 사실 그것은 소위 말하는 포샵질의 결과다. 정상적인 경우 사람의 피부는 절대 그런 식으로 표현될 수 없다. 따라서 피부를 관리하기 위해 어떤 노력을 기울일지라도 내 피부는 결코 광고 속 주인공처럼 되지 않는다. 그럼에도 혹시나 하는 착각에서 벗어나지 못하고 광고 속의 제품에 현혹되는 사람들이 꽤 있다.

값비싼 수입 화장품을 판매하면서 효능 및 효과를 부풀리거나 허위로 광고하는 것은 어제 오늘의 일이 아니다. 이것은 비쌀수록 좋을 거라는 소비자의 왜곡된 심리에 파고든 고약한 마케팅 전략이다. 이에 따라 식품의약품안전청은 수입 화장품 업체가 화장품법을 위반하지 않도록 감시 체제를 가동하고 있다.

법을 위반하는 수입 화장품 업체는 대개 기능성 화장품으로 승인 받지 않은 화장품을 광고하면서 피부 미백이나 주름 제거 혹은 자외선 차단 효과가 있는 것처럼 내세운다. 심지어 면역 기능을 강화한다거나 DNA 손상을 개선한다고 의학적 효능까지 내세우며 과대광고를 하는 경우도 있다. 한 예로 2002년 5월 16일자 〈조선일보〉의 한 기사 내용을 살펴보자.

"수입 화장품 업체들은 허위·과대광고를 통해 수입 화장품을 개당 최저 40만 원에서 최고 108만 원에 판매했다. 그중 108만 원짜리 일본 고세 화장품 '크림밀리오리티'는 용량이 45그램으로 1그램에 2만 4,000원이나 되는 것으로 나타났다. 식약청에 따르면 이는 현재 1그램에 1만 5,000원선인 금값보다 비싸다고 한다."

기능성을 승인 받은 화장품은 외부 용기에 '기능성 화장품'이라고 표시가 되어 있다. 따라서 소비자들은 화장품을 선택할 때 허위광고에 속지 않도록 성분 표시를 꼼꼼히 살펴보아야 한다. 아무리 감시 체제가 가동되어도 슬그머니 소비자를 우롱하는 업체는 언제든 있게 마련이다. 이러한 업체로부터 뒤통수를 맞지 않으려

면 지나치게 좋다고 광고하는 제품은 한번쯤 의심해 봐
야 한다.

화장품 유효기간은 대개 1년 미만

외국 여행길에 면세점에서 구입한 좋아하는 브랜드
의 파운데이션에서부터 지난해 생일날 선물로 받은 로
션에 이르기까지 여성들은 대부분 여분의 화장품을 몇
개씩 갖고 있다. 특히 젊은 여성은 계절별로 유행이 바
뀔 때마다 새로운 색상의 립스틱과 아이섀도, 매니큐어
를 구입해 잔뜩 쌓아 놓는다.

그러다가 문득 생각이 나면 오래된 화장품을 무심코
꺼내 바른다. 심지어 여름에만 잠깐 바르는 셀프 태닝
화장품을 몇 년씩 사용하는 사람도 적지 않다. 구입한
지 수 년이 지난 향수도 거리낌 없이 뿌린다. 화장품에
특별히 유효기간이 기록돼 있지 않기 때문이다.

유효기간이 기록돼 있지 않다고 해서 화장품에 유효
기간이 없는 것은 아니다. 화장품에도 분명 유효기간이
있고 그 기간이 지나면 부작용을 일으킬 확률이 높다.
상한 음식이 식중독을 일으키듯 '상한' 화장품은 피부에
심각한 손상을 가져오는 것이다.

화장품의 유효기간은 과연 얼마나 될까? 기능별로 길

게 3~5년간 쓸 수 있는 제품도 있지만, 대개는 1년 미만이라고 보면 된다. 미국의 화장품 컨설팅업체인 코스메테크 연구소에 따르면 방부제 성분이 거의 들어가지 않는 눈 화장품은 짧게는 3개월, 길어도 6개월을 넘기면 안 된다고 한다.

또한 국내 화장품 업계 관계자들은 "같은 제품도 브랜드나 보관법, 사용 습관에 따라 화장품의 유효기간에 큰 차이가 난다"고 말한다. 예를 들어 매일 사용하는 제품과 뚜껑도 열지 않은 제품은 분명 사용기간에 차이가 난다는 얘기다. 물론 온도가 높고 해가 드는 곳에 방치할 때와 냉장고에 보관할 때도 유효기간이 달라진다.

전문가들은 화장품을 오래 사용하려면 손으로 직접 덜기보다 화장품 주걱을 쓰는 것이 좋고, 당장 사용할 제품이 아니면 냉장고에 보관하라고 조언한다. 만약 여분의 화장품이 있다면 구입 일자를 적어 놓아 너무 오래되지 않도록 주의해야 한다.

건강한 피부 유지법

🌸 내면의 조화는 필수

'피부는 마음의 거울' 혹은 '피부는 내장의 거울' 이라는 말처럼 피부는 내면을 민감하게 반영한다. 만약 조금이라도 내면이 조화롭지 못하면 그 영향은 곧바로 피부에 나타난다. 피부는 음식을 잘못 먹어도 금방 반응을 보인다. 예를 들어 땅콩이나 우유, 복숭아, 밀가루 음식을 먹으면 두드러기가 나는 사람이 있다. 또한 걱정이나 스트레스 때문에 피부가 거칠어지는 것을 보면 피부가 얼마나 내면 상태에 민감하게 반응하는지 알 수 있다.

🌸 식물성 단백질과 피부는 찰떡궁합

지금은 '보릿고개' 라는 말을 호랑이 담배 피던 시절의 전설처럼 느낄 만큼 사방에 먹을 것이 흘러넘친다. 거리에 나서면 온갖 상점들 중에서도 가장 많은 비중을 차지하는 것이 바로 음식점이다. 그런데 안타깝게도 음식물이 넘쳐나는 것과 더불어 갈수록 유해한 식료품도 늘어나고 있다.

특히 젊은이들이 즐겨 먹는 스낵류와 인스턴트식품에는 피부에 좋지 않은 방부제와 인공색소가 잔뜩 들어가 있다. 여기에다 다이어트 열풍이 불면서 여성들이 영양분 섭취를 줄이고 칼로리가 거의 없는 샐러드나 주스, 혹은 내용을 알 수 없는 엑기스를 마시는 경우도 있다. 이것은 그야말로 상식에서 벗어난 어리석은 행동이다. 만약 날씬해지기 위해 음식물 섭취를 줄이고자 한다면 탄수화물과 지방을 적게 섭취하는 것이 좋다.

단백질은 체내에서 아미노산으로 분해 되어 내장과 피부처럼 우리 몸을 구성하는 단백질로 변하므로 아무리 날씬해지고 싶어도 이 영양소의 섭취량을 줄이면 안 된다. 무리하게 다이어트를 하느라 꼭 필요한 영양분까지 섭취하지 않으면 다이어트는커녕 몸이 쇠약해지는 동시에 피부도 약해져 트러블이 쉽게 발생한다.

이 점을 고려해 식물성 단백질, 즉 대두나 어육 같은 양질의 단백질을 섭취해야 한다. 특히 연어와 멸치는 핵산이 많이 들어 있어 불로식품이라 불리며 피부에도 좋은 식품이다. 피부 건강을 위해서는 필요한 영양소를 골고루 섭취해야 한다. 그중에서도 우선적으로 필요한 것은 비타민이 풍부한 야채나 과일 등의 알칼리성 식품이다. 야채와 과일 등은 우리의 혈액이 산성화하는 것

을 막아 주고 피부 저항력이 생길 수 있도록 돕는 역할
을 한다.

🌸 미량 영양소의 막강한 파워

미량 영양소란 미네랄과 비타민을 말한다. 미네랄은
지구의 구성 성분인 무기물을 의미하고 비타민은 식물
이나 동물의 체내에서 합성되는 유기물을 뜻한다. 비타
민은 우리가 흔히 알고 있는 것처럼 비타민 A, 비타민
B1, 비타민 B2, 비타민 B6 등의 유기물을 말한다. 물론
비타민 A, 비타민 B12, 판토텐산, 비타민 C, 비타민 D,
비타민 H, 비타민 E 등은 우리 몸에 절대적으로 필요한
영양소이다.

미네랄 역시 비타민만큼이나 중요한 역할을 하며 체
내에서 몸에 꼭 필요한 물질을 만들어 낸다. 신기하게
도 모발의 모세포는 성장하면서 이러한 미네랄을 받아
들여 체외로 운반한다. 따라서 모발을 조금 잘라내 미
네랄의 함유량을 분석해 보면 그 사람의 체내에 존재하
는 미네랄의 비율을 알 수 있다. 물론 이를 통해 건강을
진단해 보는 것도 가능하다.

자율신경 조절에 실패하면 피부트러블 발생

자율신경은 우리 몸속의 기관을 자동적으로 움직이는 신경으로 여기에는 교감신경과 부교감신경이 있다. 교감신경은 투쟁신경이라고도 불리며 뇌와 심장, 호흡기의 움직임을 활발하게 하는 신경이다. 주로 낮에 일하고 있을 때 활동하기 때문에 에너지 발산 신경이라고 부르기도 한다.

주어진 일에서 벗어나 휴식을 취하거나 저녁에 귀가해 느긋하게 쉬고 있으면 심장은 천천히 뛰지만 위나 장의 움직임은 활발해지는데, 이는 부교감신경의 작용 때문이다.

이처럼 교감신경과 부교감신경은 한쪽이 활동하고 있을 때 다른 한쪽은 쉬게 되어 있다. 만약 여성이 지나치게 활동량이 많은 탓에 부교감신경이 작용할 시간이 부족하면 피부가 거칠어지고 노쇠해질 뿐 아니라 신경성 여드름이 생기기도 한다. 그러므로 하루 일과가 끝나면 기분을 바꿔 부교감 신경이 활성화할 수 있도록 하는 것이 좋다.

일단 피부에 트러블이 생기면 화장품 사용에 주의해야 한다. 입 주위에 부작용이 생겼다고 해서 진하게 화장하는 것은 금물이다. 립스틱이나 립글로스 사용을 잠시 중단하고 며칠간 피부를 쉬게 해야 빨리 낫는다.

🍀 피부를 아름답게 하는 여성 호르몬

호르몬은 자율신경과 마찬가지로 우리의 몸 세포 움직임을 자동적으로 조절해 준다. 특히 난소 속의 여포가 분비하는 여성 호르몬은 피하지방을 축적시킨다. 이 때문에 여성은 생리가 시작될 무렵부터 몸의 곡선미와 함께 여성다움을 나타내는 성징이 나타나게 된다. 이러한 성숙기에 염두에 두어야 할 것은 음식물에 주의하지 않으면 자칫 뚱뚱해지기 십상이라는 사실이다.

여성 호르몬은 대뇌 깊숙한 곳에 있는 뇌하수체로부터 난소가 명령을 받으면서 분비된다. 이러한 여성 호르몬은 에스트로겐으로 피부 보습, 탄력 강화, 노화 방지를 주관한다. 에스트로겐이 몸 안에 풍부할 때는 피부 탄력이 느껴지고 촉촉한 상태가 유지되지만 부족하면 생리가 불규칙하고 생리통이 심하며 생리기간이 짧아진다.

만약 주름살이 늘어나고 피부 탄력이 감소하는 등 피부 노화가 눈에 띄게 증가한다면 에스트로겐이 정상적으로 분비되고 있는지 확인해 봐야 한다. 에스트로겐은 10대 초반부터 왕성하게 분비되기 시작해 20대 후반까지 안정적으로 분비되지만 30대 중반을 넘으면 현저하게 줄어든다.

여성은 빠르면 마흔 살 전후에 폐경기를 맞는데 이

때 에스트로겐의 양이 대폭 감소하면서 피부가 건조해지고 얇아지면서 탄력이 감소한다. 또한 작은 자극에도 쉽게 염증이 생기고 콜라겐 함량이 줄어들어 피부가 늘어지며 깊은 주름이 생기기도 한다. 따라서 이 시기에 여성은 주로 탄력과 주름을 관리하는 기능성 화장품을 많이 사용한다.

🌸 생리 전의 불안정을 조심하라

한 달을 사이클로 해서 돌아오는 여성의 생리주기에서 생리가 끝나면 여포 혹은 여성 호르몬은 일시적으로 줄어든다. 하지만 얼마 지나지 않아 다음 난자를 발육시키기 위해 뇌하수체가 여포 자극 호르몬을 생산하기 때문에 그 분비량은 다시 증가한다.

이때 황체 호르몬이 제멋대로 늘어나면 여성들은 심리적, 신체적인 면에서 영향을 받게 된다. 따라서 생리 전에는 심리 상태가 초조해지거나 피부가 예민해지는데 이 시기에 새로운 화장품을 처음 사용하면 종종 피부가 짓무르는 일이 생긴다. 생리 전과 같이 피부가 예민한 시기에 새로운 화장품을 시험 삼아 사용해 보는 일은 삼가는 게 좋다.

스트레스와 피부 트러블

직장인은 사회 활동으로 쌓인 스트레스를 술을 마시거나 골프 혹은 여행을 통해 적당히 해소하지만 늘 가정에서 머무는 주부들은 스트레스를 푸는 것이 쉽지 않다. 집안일은 그 특성상 해도 해도 끝이 보이지 않고 또한 늘 같은 일이 반복되기 때문에 스스로 애쓰지 않으면 갈수록 스트레스가 쌓이게 된다. 이 경우 가족의 이해나 도움이 절실히 요구되지만 사실 주부의 입장을 고려하고 염려해 주는 가족은 별로 없다. 오히려 조금이라도 문제가 생기면 주부에게 그 스트레스를 쏟아 내기 일쑤다.

주부가 취미생활이나 다른 활동을 통해 스트레스를 풀어낸다면 다행이지만 그렇지 못하면 내심 초조해 하거나 안절부절못하게 된다. 이러한 스트레스로 몸의 조화를 잃으면 피부 트러블이라는 불청객이 찾아온다.

물론 현명한 인체는 부신피질이라는 몸속 기관을 통해 스트레스에 지지 않는 힘을 만들어 준다. 일단 스트레스를 받았다고 느끼면 부신피질이 활발히 움직여 몇 종류의 호르몬을 분비한다. 그리고 이러한 호르몬은 스트레스를 물리칠 수 있는 힘을 만들어 낸다. 하지만 스트레스가 너무 오랫동안 지속되거나 지나치게 강하면 부신피질이 점점 피곤함을 느끼면서 호르몬 분비 기능이 쇠약해지고 만다. 이렇게 되면 몸의 어딘가에서 조화를 잃어 피부가 민감해진다.

그러므로 스트레스는 가능한 그때그때 풀어버리는 것이 좋다. 마음속의 걱정, 불안, 불만, 초조는 곧바로 피부에 드러나게 마련이다.

여드름과 트러블 피부 관리요령

(1) 응급처치 진정 팩
알로에를 작은 크기로 잘라서 뾰루지 위에 붙여놓거나 녹차티백을 차갑게 하여 10분정도 올려놓으면 진정된다. 예민해져 있는 피부는 자꾸 건드릴수록 트러블을 일으키므로 조급함에 무엇인가 하려하지 말고 특히 각질제거, 마사지는 삼가한다.

(2) 소독, 뾰루지 짜내기
세안을 한 뒤 면봉에 소독약을 묻혀 발라준다. 소독약은 3% 하이드로겐퍼옥사이드(과산화수소수)나 2.5% 벤조일퍼옥사이드가 적당하다. 뾰루지가 터질때가 될때까지 기다렸다가 세안 후 면봉이나 여드름전용압출기를 사용하여 지그시 눌러내어 짜내면 고름이 효과적으로 제거된다. 도구 사용시엔 반드시 소독하여 사용하자.

(3) 기초화장
여드름을 감추려고 컨실러등으로 두터운 화장을 하면 오히려 여드름이 악화된다. 기초와 메이크업 제품은 오일 프리 또는 비면포생성 표기가 되어 있는 제품이 좋다. 자외선차단제는 티타늄옥사이드와 징크옥사이드 성분이 주로 쓰인 SPF15 정도의 낮은 지수를 사용해 자극을 최소화시키자.

(4) 청결한 환경, 균형있는 식사와 충분한 수면
얼굴을 손으로 만지지 말고, 퍼프 등의 화장소품을 깨끗이 빨아서 사용하고, 휴대폰과 배게 등이 청결한지 살피자. 과자를 먹지 말고 비타민 B2, B6가 많이 함유된 우유, 치즈 등의 음식과 비타민 C가 많은 신선한 야채, 과일, 녹차를 많이 섭취하면 여드름 예방에 어느정도 효과를 얻을 수 있을 것이다.

잘못 알려진 피부 관리 상식

스팀 타월은 피부를 촉촉하게 해준다

잠깐 동안 스팀을 쐬는 것은 수분 공급에 도움을 준다. 그러나 너무 오랫동안 스팀을 쐬는 것은 오히려 피부의 보습막을 파괴할 수 있다. 특히 건조하고 민감한 피부는 강한 자극이 될 수 있으므로 일주일에 한두 차례, 3분 이내에 끝내는 것이 좋다.

미네랄워터 스프레이는 피부를 촉촉이 가꿔준다

미네랄워터 스프레이를 뿌리면 일시적으로는 피부가 촉촉해지는 느낌이 들지만 곧 피부 표면의 물방울이 증발하면서 피부 자체의 수분까지 빼앗고 만다. 이 경우 피부는 더욱 건조해진다. 따라서 스프레이를 뿌린 뒤에는 그대로 두지 말고 충분히 스며들 수 있도록 톡톡 두드려 피부 표면에 물기가 남아 있지 않도록 하는 것이 좋다.

눈가에도 스킨을 챙겨 바른다 ✕

가뜩이나 건조한 눈가인데 스킨으로 보습하기 위해서 꼭 챙겨 바르면 오히려 주름을 만든다. 알코올이 함유된 스킨을 눈가까지 바르면 눈가 피부의 유 수분 밸런스가 깨지면서 주름이 생기게 된다.

✕ 화장이 번들거리면 파우더를 덧바른다

메이크업이 번들거리면 사람들은 대개 압축 파우더나 루스 파우더를 덧바른다. 하지만 화장을 고칠 때는 반드시 먼저 번들거리는 피지를 닦아 낸 다음 파우더를 발라야 한다. 피지를 닦는 전용 필름이 시중에 나와 있으므로 그것을 이용하고, 만약 그것이 없다면 파우더를 묻히지 않은 분첩으로 먼저 땀이나 피지를 닦아 내야 한다.

이때 분첩에 파우더를 묻혀 분첩을 반으로 접어 골고루 문지른 다음 얼굴에 덧바르는 것이 좋다. 분첩을 접어 문지르지 않고 곧장 얼굴에 바르면 처음에 파우더가 많이 닿는 부분이 지나치게 건조해지는 경향이 있다.

여성들이 화장을 고칠 때 분첩이 가장 먼저 가는 부분이 대개 눈 밑인데 이런 습관으로 인해 눈 밑의 잔주름이 좀 더 심해질 수 있다는 점을 염두에 두어야 한다.

△ 팩은 천연팩이 좋다

여름이 되면 보통 오이나 레몬 등을 이용한 천연팩이 인기를 끈다. 그러나 오이나 레몬 등의 채소 및 과일로 하는 천연팩이 반드시 좋은 것은 아니다.

우선 재배 과정에서 지나치게 농약이 들어간 경우 그 농약이 고스란히 피부에 닿게 된다. 또한 과일팩은 효과적으로 산도를 조절하는 것이 어렵기 때문에 오히려 역효과를 불러올 수도 있다. 천연팩은 피부에 천연 비타민과 수분을 공급한다는 좋은 점이 있긴 하지만, 그 이면에는 '과학적이지 못해 부작용이 발생할 수 있다'는 문제가 도사리고 있으므로 주의해야 한다.

자외선차단제 대신 SPF가 포함된 메이크업제품(BB크림, 팩트 등)만 사용해도 된다?

SPF가 포함되었더라도 메이크업용 제품들은 충분한 양을 발라야 하는 썬크림에 비해서 적은 양을 바를 수 밖에 없으며, 피지와 땀에 의해 지워지기 쉬우므로 자외선 차단기능이 떨어진다. 따라서 반드시 자외선 차단제를 외출 20분전에 충분한 양을 먼저 발라서 흡수시킨 뒤에 메이크업을 하는 것이 좋다.

효과적인 자외선차단 방법

1. 4계절 자외선차단제 사용과 더불어 양산과 모자 등의 착용을 습관화하자.
   양산, 모자, 선글라스, 긴 팔의 옷은 가장 훌륭한 자외선차단제이다.
2. 자외선차단제는 좀 많다 싶은 정도의 양을 외출하기 15~20분 전에 발라줘야 한다.
3. 욕심을 부려서 무조건 차단지수 높은 자외선차단제를 사용하기보다는
   자신의 활동에 알맞는 것을 사용하자. (높은 지수는 자극적일 수 밖에 없다)
   일반 사무직은 SPF 15에 PA++, 야외업무가 많은 사람은 SPF20이상에 PA+++,
   해변에서는 SPF30이상에 PA+++ 을 2~3시간 간격으로 덧발라주어야 한다.
4. 고급 브랜드나 슈퍼마켓 브랜드나 사용하는 성분은 비슷하다. 비싸게 구입하여
   아껴쓰는 것보다 저렴한 제품을 충분하게 지속적으로 발라주는게 훨씬 좋다.
5. 햇볕에 오래 노출된 후에는 찬물 패딩, 알로에, 오이, 감자팩 등으로 진정시키자.
   수분이 많은 젤, 팩이 좋으며 빽빽한 영양크림은 피부의 열을 오히려 가둬놓기
   때문에 사용을 삼가하자. 비타민C의 복용으로 멜라닌색소의 형성을 최소화하자.

△ 화장은 피부에 독이라고?

메이크업이 피부에 좋지 않다는 것을 절대 부정하지는 않지만 외출을 할 때는 메이크업을 하는 것이 피부를 보호하는 것임을 기억하자. 자외선에서 피부를 보호하기 위해 선크림과 파우더로 이중, 삼중으로 보호해야 맑은 피부를 지킬 수 있다. 평생 화장을 하지 않고 살아온 주부보다 화장을 꾸준히 해온 커리어우먼의 피부가 더 깨끗한 이유이다.

✕ 여드름피부는 클렌징을 여러번 깨끗이 해야 한다

왕성한 피지분비와 지성피부로 인해 여드름이 생긴다고 오해해, 메이크업을 지운 후에도 클렌징 폼이나 여드름 전용 비누, 효소세안제 등으로 이중, 삼중 세안을 하는 사람이 많다. 하지만 이는 여드름 상태를 악화시키는 직접적인 원인이 된다. 여드름은 모공이 쉽게 막히는 체질이 원인이 되는 것이지 단지 피지 분비가 많다고 해서 여드름이 생기는 것은 아니다.

여드름 환자들이 여러차례 세안을 하게 되면, 결국 손으로 여드름 부위를 자극해서 더욱 붓게 되거나 상태가 악화되기 쉬워진다.

여드름 부위를 자극하지 않도록 한 번의 세안만으로 지워질 정도의 가벼운 메이크업을 하는 것이 좋다. 클렌징 제품은 부드럽고 거품이 잘 나서 세안 시 손에 힘이 들어가지 않는 무스타입을 선택하는 것이 좋고 꼼꼼하게 피부의 노폐물을 잘 제거해줄 수 있는 것을 선택하는 것이 좋다.

한번 넓어진 모공은 줄어들지 않는다

모공은 피지가 빠져나가는 통로로 늘었다 줄었다 하지 않는다.

그러므로 한번 넓어진 모공을 줄이는 것은 어려운 일이다.

모공은 온도에 민감해 기온이 1도 올라가면 피지선의 활동이 10%씩 증가해 모공으로 배출되는 피지량도 많아진다. 한여름에 무더위로 피부 온도가 올라가면 피부를 탱탱하게 유지시키는 콜라겐의 합성이 억제되어 노화가 가속화된다. 노화된 피부는 아래로 쳐지고 모공도 함께 쳐지기 때문에 크기자체에 변화가 없더라도 더욱 커 보이게 된다.

하지만, 늘어난 모공을 더이상 커지지 않게 하는 방법은 있다.

피지분비를 줄이기 위해서는 피부온도를 줄이는 것이 중요하다.

피지 분비를 줄여 모공이 넓어지는 것을 방지하는 기초화장품을 사용하고 일주일에 1~2번 딥클렌징으로 과도한 피지와 불필요한 각질을 제거한다. 단, 이때 힘을 주어 박박 문지르면 모공이 더 늘어날 수 있으므로 주의하자.

모공 관리법

1. 얼굴을 담글 수 있는 크기의 볼(그릇)에 물과 얼음을 준비한다.

2. 얼굴에 마사지크림이나 영양크림을 발라 둥글게 문지르면 피부에
   열이 나면서 모공이 열리고 피지가 잘 분비된다.

3. 이때 볼에 얼굴을 담그고 숨을 내쉰다. 뿜어져 나오는 물방울이 피부를
   두드리며 노폐물은 씻어내고 탄력을 강화시켜 모공을 조여주는 역할을 한다.

4. 5~10분간 반복한 뒤, 가볍게 티슈로 닦아내고 폼클렌저을 이용해 세안한다.

part 3

화장품 산업의
현황과 특징

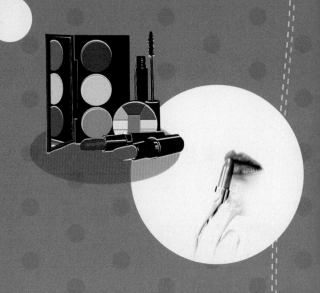

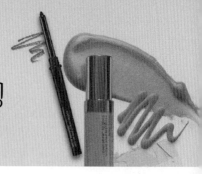

화장품 산업의 현황과 특징

1. 화장품 제조의 역사

박가분 광고

1916년, 박승직이 '박가분'을 생산하기 시작하면서 처음으로 국내에 화장품이 판매되기 시작했다. 당시 일제는 통제경제 혹은 기업경제라는 허울을 내세워 상공업자에 대한 허가를 내줄 때 일본인은 우대하고 조선인에게는 온갖 까다로운 조건을 내걸었던 터라 조선인 명의의 기업이 상당히 드물었다. 그런 시절에 조선인 명의의 공산품으로 박가분이 등장했다는 것은 화장품 제조업계뿐 아니라 우리나라 공업화 역사에도 중요한 의미를 지닌다.

박가분이 등장한 이후 서석태가 광업화장품연구소를 설립해 '서가분'을 제조하기 시작했다. 어쨌든 우리나라에서 화장품이 기업화한 것은 박가분이 효시이며 문헌상 확실한 근거를 남긴 것은 박가분과 서가분이다.

하지만 선풍적인 인기를 끌던 박가분이 연독을 일으키면서 1930년대 들어 '박가분의 인체 유해론'이 사회 문제로 공론화하기 시작했다. 개발자인 박승직은 몇 차례에 걸쳐 품질 개선을 꾀했지만 결국 실패했고 마침내 1936년에 자진 폐업을 하고 말았다. 이어 무연백분임을 강조하며 서가분, 서울장분 등이 등장하게 되었다.

박가분

그러다가 1942년 봄, 조선기업 정비령 실시와 더불어 일본의 화장품 업체들이 한국에 대거 진출했다. 당시 조선인이 경영한 화장품 제조업체와 상표는 태양리화학의 피카몬드, 대륙화학의 제트화장품, 동보화학의 동보구리므, 천애사의 나나화장품, 동방화학의 에레나화장품, 광업화장품연구소의 서가분과 구라므화장품 등으로 비교적 소규모였다.

조선인이 화장품 제조업을 소규모로 경영할 수밖에 없었던 이유는 일제가 조선기업 정비령을 통해 화장품 공업을 정비했기 때문이다. 당시 원자재가 부족했던 탓에 일제는 화장품 원료를 배급제로 지급했고 제품도 일본인이 규격과 매가를 정했다. 심지어 물품세를 붙여 팔게 하면서 실질적인 통제를 가했다.

이러한 통제를 시행한 기관은 '조선 화장품 규격 심사위원회'로 이들은 매일 생산품의 견본을 제출하게 했고 원료를 배합해 생산량을 할당했다. 그 과정에서 일본인 업체에는 많은 원료를 배정하고 조선인 업체에는 적은 양을 배정하는 차별 행위를 자행했다.

그처럼 온갖 우여곡절을 겪다가 일제가 물러가면서 한국 화장품 제조업계의 독자적인 발전이 시작되었다. 제2차 세계대전이 끝나면서 한국인이 설립한 화장품 제조업체가 늘어났고 국내 자체 기술로 화장품을 생산해내기에 이르렀다. 물론 원료 포장이나 제품 기술이 미흡해 품질과 디자인이 뒤떨어지긴 했지만, 당시로서는 국내 자체 기술로 생산했다는 것만 해도 큰 발전이었다.

그 무렵 화장품은 의약품과 달리 인체에 크게 영향을 주지 않는 제품으로 인식되었기 때문에 허가나 시설 및 품질 관리를 거의 하지 않을 정도로 치외 법권적인 영역이었다. 이에 따라 광복 이후 6.25 동란 발발 전까지 전국 각지에서 우후죽순처럼 등장한 화장품 제조업체가 무려 99개에 이르렀다. 더구나 이 시기에는 일제 하의 물량 부족에 시달렸던 소비자들이 품질에 관계없이 마구 구입했기 때문에 주문량을 다 소화하지 못할 정도로 비정상적인 호황을 누렸다.

하지만 광복 후의 정치적, 사회적 혼란이 지속되면서 화장품의 마케팅 활동은 방향을 잃었고, 여기에 6.25 동란으로 모든 산업시설이 파괴돼 기업은 전면 동면 상태에 들어가고 말았다. 물론 전쟁을 피해 부산으로 내려

간 사람들이 명맥을 유지하긴 했지만 그 활동은 극히 미약했다. 게다가 우방 참전국의 군 PX를 통해 외제 화장품이 국내 시장에 범람했고, 밀수입된 화장품이 국내 화장품 시장을 교란시켰다. 그뿐 아니라 외제품을 모방한 모조 제품이 등장해 소비자에게 불신감을 조성하기도 했다.

1961년, 5.16 군사정부는 부정 외래품을 강력히 규제했고 특히 미군 PX로부터 유출 및 밀수입되는 화장품 유통을 엄하게 단속했다. 더불어 국내 화장품 공업의 보호 육성책이 시행되면서 한국의 화장품 제조업은 급격하게 성장하기 시작했다.

이때 화장품 제조업이 성장 산업으로 부각되면서 도처에 화장품 제조업체가 난립한 탓에 1960년 중반에는 100개 사가 넘는 업체들이 경쟁을 벌였다. 이처럼 기업들이 너도나도 화장품 제조업에 뛰어드는 바람에 난립 현상까지 빚어졌지만 자금, 기술, 마케팅, 경영관리 능력 등에서 미숙함을 드러낸 기업은 결국 도태 과정을 겪었다. 이렇게 일부 부실업체가 정비되면서 1970년대 들어 화장품 제조업체는 50여 개 사로 줄어들었다.

1970년대 들어서면서 정부의 경제개발 정책이 빛을 보기 시작했고 모든 산업이 고도 성장을 이룩하면서 국민소득이 점차 증가했다. 덕분에 구매력이 크게 늘었고 소비성향 향상으로 국민의 인식 변화는 물론 화장품에 대한 수요도 폭발적으로 늘어났다. 나아가 화장품 제조업체들이 기술적인 진보를 거듭해 품질 향상에 힘쓴 결과 국산 화장품의 품질이 향상되었고 마케팅 활동도 본격화되었다.

당시 화장품 제조업체는 텔레비전과 라디오 등의 매스컴을 통한 광고로 화장품 수요를 자극했다. 또한 판매원이 소비자를 직접 찾아가 구매를 유도하는 방문판매 제도에 성공하면서 수요가 폭발적으로 늘어나 고도성장을 구가했다.

1962년에 성미쥬리아에서 처음 실시한 **방문판매 제도**는 1970년대 들어 완숙 단계로 접어들었다. 이 제도를 실시한 화장품 제조업체들이 높은 성장률을 보이며 상위권을 장악했던 것이다.

1960년대에는 화장품의 마케팅 채널이 매우 다양해 성미쥬리아, 태평양화학, 한국화장품, 피어리스 등이 치열하게 경쟁을 벌였다. 그러다가 1970년대 들어 재빨리 방문판매망을 구축한 태평양화학이 두각을 나타내면서 한때 70퍼센트 이상의 독점적 지위를 확보하기도 했다. 곧이어 한국화장품이 일반 판매제도에서 방문판매로 전환하면서 태평양화학을 추격하기 시작했고 피어리스와 쥬리아는 약간 약세를 보였다.

이후 1980년대 들어 각 대도시를 중심으로 **할인코너가 등장**하면서 방문판매가 서서히 쇠퇴하기 시작했다.

이때 럭키가 일찌감치 방문판매를 포기하고 할인코너 시장을 공략했고 여기에 쥬리아, 라미화장품, 에바스 등의 중견업체들이 가세해 비교적 높은 신장률을 달성했다. 특히 정부가 화장품 수입금지 정책을 펼치면서 화장품 제조업체들은 안전한 보호막 안에서 성장의 발판을 다져 나갔다.

한국의 화장품 제조업이 외국과 비교해 경쟁력이 뒤떨어진다고 판단한 정부는 1980년대 초까지 화장품 수입을 금지했고 품질 향상을 위해 기술제휴를 권했다. 하지만 1990년대 들어 시장 개방이 본격화하면서 화장품 소매업에 대한 외국인 자본투자가 제한적으로 개방되었다. 이후 외국자본과 수입 화장품의 국내 시장 잠식이 가속화하면서 국내 화장품 산업은 품질 향상, 기술 개발, 유통 개발, 유통구조 개선 등의 측면에서 구조적인 전환기를 맞게 되었다.

2. 화장품 시장의 특징

시대에 따라 변해 온 **화장품의 개념**

경제 성장과 개방화 그리고 국경을 뛰어넘는 정보 공유화로 화장품의 개념은 갈수록 변해 가고 있다. 단순히 컬러감에 의지하던 화장 문화가 청결, 미화, 보습 같은 피부 손질 개념으로 진화한 지는 이미 오래되었다. 지금은 기능성이 더욱 강화되어 피부 노화 방지와 세포 부활이라는 치유 개념으로까지 발전했다. 나아가 나이별, 성별, 기능별 세분화가 이루어지면서 화장품의 종류와 기능은 이루 헤아리기 어려울 정도로 대폭 늘어나 있다.

화장품 시장의 **세분화**

화장품 시장에서 표적 시장을 세분하는 방법은 연령, 소득, 성, 피부 상태, 학력, 직업 등 매우 다양하지만 가장 기본적인 것은 바로 **연령에 따른 분류**다. 연령에 따른 피부 상태와 경제적 여건이 변하면 화장의 종류와 양도 달라지기 때문이다.

복잡하고 다양한 **유통경로**

　화장품의 유통경로는 방문판매와 제도판매로 나눌 수 있다. **방문판매**란 판매원이 집집마다 방문해 판매하는 형태로 1980년대 초반까지 화장품 매출액의 90퍼센트를 차지하였다. 그러다가 1970년대 말 대구에 **종합 화장품 할인코너**가 등장하면서 제도판매의 효시가 되었다.

연령별 세분 시장의 특성

연령	피부 상태	사용 화장품	특성
17~19 (고등학생)	지성 여드름	기초 화장품	● 외모에 대한 관심 ● 모델에 대한 동경 ● 광고 탄력성이 큼
20~24 (대학생, 직장 여성)	지성 복합성	기초 화장품 색조 화장품	● 외모에 대한 관심 ● 모델에 대한 동경 ● 광고 탄력성이 큼 ● 유행에 민감함 ● 상표 전환이 용이
25~30 (결혼 초기)	지성 복합성	기초 화장품 색조 화장품	● 외모의 개성 추구 ● 화장 패턴 고정 ● 광고 탄력성 둔화 ● 처녀시절 동경 ● 경제적 측면의 압박
31~40 (유아, 초등생 을 둔 주부)	건성 경향	기초 화장품 색조 화장품	● 피부 관리의 인식과 실행 ● 결혼 후 인간관계 　급증으로 개인적인 정보 　통로 증가(반상회, 계) ● 상표 충성도 높아짐
41~50 (중고생을 둔 주부)	건성화	기초 화장품 색조 화장품	● 피부 노화 ● 경제적, 시간적 여유 ● 특수 화장품의 회색 　시장(grey market) 형성

제도판매란 방문판매 사원을 두지 않고 할인매장이나 백화점에 화장품 코너를 설치해 판매하는 형태를 말한다. 1980년대 들어 제도판매가 화장품 시장에 뿌리를 내릴 수 있었던 가장 큰 이유는 소비자에게 높은 할인율을 제시했기 때문이다. 덕분에 소비자는 방문판매원을 통해 화장품을 구입할 경우에는 표시된 가격을 모두 지불해야 했지만, 할인점에서는 20퍼센트에서 60퍼센트까지 할인해서 구입하는 이점을 누릴 수 있었다.

피부의 단면

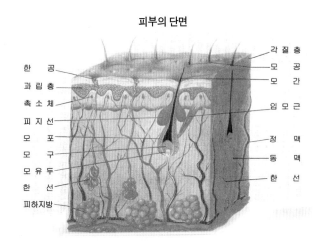

기술 집약적인 산업

화장품 산업은 후진국에서는 발전하기 어려운 선진국형 산업이다. 다시 말해 화장품 산업은 다른 어떤 산업보다 **고부가가치 산업**이다. 이는 그만큼 기술 집약적이고 경쟁이 치열한 산업이라는 것을 의미한다. 따라서 무엇보다 연구 개발에 대한 투자가 사업의 성패를 가늠하는 중요한 요소다. 화장품 산업의 기초 동향은 많은 분야에 걸쳐 진행되고 있지만 여기서는 몇 가지 중요한 분야를 집중적으로 살펴보고자 한다.

● 피부 노화 관련 연구

이것은 근본적인 피부 노화 구조를 밝히는 것은 물론 어떻게 하면 화장품으로 피부 노화를 지연시킬 수 있을지를 연구하는 것이다. 피부의 생리적 기능, 생체 현상에 대한 연구, 각종 자극에 대한 피부 반응을 정략적으로 분석해 효능 및 효과에 이용하는 연구는 피부 노화 문제에 대한 궁극적인 문제해결을 위해 꼭 필요하다. 또한 이것은 화장품 관련 기술의 극대화를 위해 필요한 일이기도 하다.

이미 알려진 대로 피부 노화를 일으키는 외적 요소에는 태양광선, 공해, 매연, 음주, 질병, 스트레스, 영양부족 등이 있다. 이러한 요소로부터 피부 노화를 지연시키기 위한 기본적인 연구로는 피부 보습, 보호, 활력의 세 부분이 있다.

피부 보습 연구로는 새로운 보습제 개발과 세라마이드 같은 세포 간 지질에 의한 보습 효과 증가 연구가 있다. 또한 화장품 사용 후 피부에 라멜라 구조(지질 이분자층막이 층층이 쌓여 만든 입체적인 구조)의 액정을 형성해 보습 효과를 증진시키는 제형에 관한 연구도 있다.

피부 보호 연구에는 자외선 방어에 관한 연구, 유해산소 같은 프리라디칼을 효과적으로 제거하는 연구, 피부 면역 기능을 높여 주는 연구 등이 있다.

피부 활력 연구로는 천연물이나 생명공학적인 기법으로 혈행을 촉진하고 피부 신진대사를 증진시키는 물질을 이용하는 연구가 있다. 또한 리보솜이나 나노 캡슐 등을 이용해 보다 효과적으로 피부에 활력을 전달하기 위한 경피 흡수 연구도 있다.

기능성 화장품을 개발하고자 할 때 피부 메커니즘을 규명하는 것은 필수적인 사항이다. 하지만 국내의 피부 관련 연구는 상위 몇 개 업체 피부과에서의 연구를 제외하면 아직 미비한 실정이다.

● 안전성

화장품은 의약품과 달리 효능에 앞서 인체에 대한 안전성이 확보되어야 한다. 사람의 신체 중에서도 가장 민감한 부분인 얼굴에 사용되는 것이기 때문이다. 이에 따라 저자극 원료 스크리닝(screening: 질병이나 결격 사유 등을 찾기 위한 검사), 효과적인 성분 배합에 따른 안전성 확보에 관한 연구가 끊임없이 진행되고 있다. 나아가 특정 성분의 자극을 완화하는 원료 개발에도 연구를 집중하고 있다.

다른 한편으로 동물실험에 대한 반대 운동 여파로 인공 피부 관련 연구가 더욱 가속화하고 있다. 이러한 인공 피부는 유효물질의 효과적인 전달 구조 연구 등에도 응용되고 있다.

● 미백

하얀 피부를 갈망하는 동양권을 중심으로 관심이 집중되고 있는 피부 미백에 관한 연구다. 저자극, 고효능 원료 및 그 원료의 안전성을 중심으로 활발한 연구가 진행되고 있다.

● 경피 흡수

유효 성분을 피부 속까지 효과적으로 전달하기 위한 연구를 말한다. 성분의 혼합 비율에 따른 흡수 정도, 피부 흡수 촉진제 사용, 생체 유사 고분자 물질이나 리포좀화(주요 성분을 작게 만들어 피부 깊숙이 흡수되도록 하는 공법)를 통한 전달 시스템 연구 등이 여기에 속한다. 또한 나노 캡슐이나 매트릭스 캡슐, 디디에스(drug delivery, 드러그 딜리버리: 투여한 약제나 유전자를 충분한 농도를 유지시킨 채 특정 목적 부위로 보내기 위한 방법) 등을 이용해 새로운 제형으로 효과 성분을 보호 전달하는 연구에도 관심이 집중되고 있다.

● 기능성 소재 개발

화장품의 기능성이나 색 향상성, 사용성 등을 향상시키려면 무기·유기분체, 초미립 입자, 보습제, 계면활성제 및 고분자 등의 소재 개발은 필수적이다. 특히 색조 화장품에서 무기분체의 표면을 원하는 효능에 따라 적절히 처리하는 기능성 분체 개발 연구에 관심이 집중되고 있다.

● 육모

현대 사회의 복잡화, 고령화로 인해 갈수록 탈모증 환자가 증가하고 있다. 이에 따라 탈모 방지 및 치유를 목적으로 한 육모 연구가 활발히 진행되고 있다. 잠재적인 성장 가능성이 상당히 크기 때문이다. 주요 연구 주제는 모근 세포의 활성화와 남성 호르몬에 의한 영향으로 일부 합성 원료 및 천연 원료를 대상으로 이러한 효과를 탐색하고 있다.

● 원료 개발과 그 응용

최근의 원료 개발은 단순한 화학실험이 아니라 생명공학 개념을 도입해 고도의 기술을 접목하고 있다. 우수한 제품을 개발하려면 무엇보다 우수한 원료 개발이 선행되어야 한다. 아직 우리나라는 원료 개발에서 선진국에 비해 뒤처진 상태이며 특히 합성 원료 연구는 국제 경쟁력이 매우 약하다. 일부 선진국에서는 동식물 추출 원료나 생명공학 기법을 이용한 원료 개발에 뛰어들어 활발히 연구를 진행하고 있다.

1980년대 이전의 화장품은 대개 식물성, 동물성 및 그 유도체 등 비교적 단순한 원료가 주류를 이루었다. 이에 따라 그 기능도 주로 보습 효과에 머무는 정도였다. 그러다가 1980년대가 되면서 생명공학 기술 발달로 경제성 높은 원료가 많이 개발되었고 대표적으로 히아루로닉애시드, 생합성시코닌 등의 원료가 등장했다.

1980년대 후반부터는 독일과 영국 등 유럽을 중심으로 그린운동이 펼쳐지면서 동물성 원료의 사용이 크게 줄어들었다. 동물성 원료 전문 제조업체들이 동물을 학대한다는 눈총에서 벗어나기 위해 식물성이나 합성 및 생명공학 원료 제조로 돌아섰기 때문이다.

이에 따라 오랫동안 동물성 원료에 익숙해진 화장품업계는 처방을 다시 설계하는 일에 몰두할 수밖에 없었다. 이들은 어쩔 수 없이 동물성 원료에 비해 효능과 효과가 결코 뒤떨어지지 않는 새로운 제품 개발에 집중해야 했던 것이다.

　최근의 신제품 개발은 주로 **노화 방지와 미백, 치유 등의 기능성 제품에 치우쳐 있다.** 특히 노화와 각질 제거효과가 있는 아하(AHA: α-Hydroxy Acid의 약자로 균형을 잃은 피부에 충분한 수분을 공급하고 안정된 피부로 가꿔준다) 함유 제품은 유럽과 미국을 중심으로 한때 돌풍을 일으키기도 했다. 하지만 아하 제품이 피부를 자극한다는 문제가 제기되면서 안전성 확보에 관한 목소리가 높아졌고 이를 해결하기 위한 연구가 지속적으로 진행되었다.

　또한 피부의 세포 간 지질에 의한 보습 효과로 노화방지 기능을 하는 것으로 알려진 세라마이드 함유 제품도 상당한 인기를 끌었다. 나아가 피부 노화의 주요 요인 중 하나인 장파장의 자외선 UVA를 막아 주는 성분이 함유된 제품과 전체 UVA를 차단하는 제품 등도 소비자의 관심을 끌고 있다.

　현재 그린운동과 함께 자연 친화적인 제품 개발이 더욱 가속화하고 있는 가운데 천연 식물 함유 제품과 해양 성분 함유 제품, 민감성 제품이 속속 개발되고 있다.

3. 차세대 원료 개발 영역

피부 청결, 미화 유지, 피부 생리의 활성화, 햇빛에 의한 피부암 예방, 노화 억제 등 현대 소비자의 요구는 점점 다양화, 고도화하고 있다. 이에 부응하기 위한 제조업체의 노력에 힘입어 다채로운 소재가 연구 개발되고 있고 더불어 다양한 제품이 생산되고 있다. 화장품에 대한 소비자 니즈의 변화와 함께 사용되는 원료 역시 급속도로 변화하고 있는 것이다.

새로운 원료 소재 개발은 상품 콘셉트의 결정적인 요인으로 작용한다. 또한 상품 차별화의 관점에서 이것은 상품 개발 프로세스의 핵심을 담당한다.

화장품의 신제품 개발에서 무엇보다 중요한 것은 원료 확보다. 화장품의 원료로는 오일, 고형 유성 성분, 계면활성제, 점증제, 보습제, 향료, 색소, 자외선 차단제, 산화 방지제, 노화 억제용 생리 활성물질 등 수십 종이 있다. 이들 원료에 대해서는 보건복지부에서 사용이 허가된 원료와 사용 제한 원료 등을 세밀하게 규정하고 있다.

오일과 고형 유성 성분은 피부에 유성 피막을 형성해 수분 증발 억제 효과 및 윤활 작용을 돕는 성분이다. 고급 지방산, 고급 알코올, 식물성 오일, 동물성 오일, 합성 오일 및 광물성 오일 등이 원료로 쓰인다.

계면활성제는 화장품 제조에서 가장 기본적이고 중요한 원료다. 유화제, 가용화제, 분산제, 세정제 및 기포제 등의 용도로 사용된다.

보습제는 피부 각질의 수분 함량을 조절하는 작용을 하며 글리세린, 소르비톨 등 폴리올(분자 중에 3개 이상의 수산기를 가진 알코올)류와 히아루론산 등 고분자 물질 등을 원료로 쓴다.

점증제는 소량을 첨가해 점도 및 경도를 조절하는 원료로 알루미늄 실리케이트(규산염), 잔탄검, 카르복시비닐폴리머 및 셀룰로오스 유도체 등이 원료로 쓰인다.

이밖에도 색소, 향료, 비타민류, 산화 방지제 등과 특정 효능 및 효과를 나타내기 위한 천연 추출물 등의 활성 성분이 화장품 원료로 사용된다.

화장품의 품질은 이들 여러 가지 원료의 기능과 효과의 우수성에 좌우되므로 뛰어난 제품 개발을 위해서는 품질 좋은 원료 개발이 선행되어야 한다. 소비자가 질 좋은 제품을 구입하려 하는 것은 당연한 일이므로 화장품 업계는 그에 걸맞은 제품을 내놓아야 한다.

생명공학 유전자 기법의 연구

바이오테크놀로지는 미생물 등 생체가 지닌 생합성, 물질대사 기능, 유전자의 재배치 등을 이용해 효율적인 물질을 생산/발견하는 에너지 절약형 기술이다. 이것은 응용 분야가 매우 넓고 기초 연구 지식을 비교적 쉽게 실용화할 수 있다는 점에서 기능, 유전자의 재배치 등을 정밀 과학의 여러 분야에 응용될 수 있다.

천연 생리 활성 물질 연구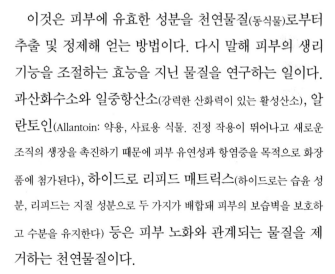

이것은 피부에 유효한 성분을 천연물질(동식물)로부터 추출 및 정제해 얻는 방법이다. 다시 말해 피부의 생리 기능을 조절하는 효능을 지닌 물질을 연구하는 일이다. 과산화수소와 일중항산소(강력한 산화력이 있는 활성산소), 알란토인(Allantoin: 약용, 사료용 식물. 진정 작용이 뛰어나고 새로운 조직의 생장을 촉진하기 때문에 피부 유연성과 항염증을 목적으로 화장품에 첨가된다), 하이드로 리피드 매트릭스(하이드로는 습윤 성분, 리피드는 지질 성분으로 두 가지가 배합돼 피부의 보습벽을 보호하고 수분을 유지한다) 등은 피부 노화와 관계되는 물질을 제거하는 천연물질이다.

또한 프라센터, 스쿠알렌, 타이머스펩타이드, 밀크프

로테인, 콜라겐(Collagen: 동물의 뼈, 연골, 피부 등을 구성하는 결단백질), 엘라스틴(Elastin: 피부에 깊이 흡수돼 세포 속 엘라스틴 조직을 더욱 튼튼하게 하며 피부에 탄력과 생기를 준다) 등과 식물에서 추출하는 호스테일(허브의 한 종류), 카모마일(국화과 약용식물), 녹차 추출물, 황금 추출물, 인삼 추출물, 로즈 오일, 월견초유(달맞이 꽃 종자유) 등은 피부 보습을 유지시키고 탄력을 갖게 해준다. 특히 콜라겐은 피부의 탄력을 좋게 해 주고 주름을 방지해 주고 피부의 습도를 높여 준다. 또한 피부에 우수한 수분 인자로 작용하기도 하며 높은 비율의 아미노산을 공급해 조직에 탄탄함과 유연함을 준다.

이미 피부 미백 효과가 있는 물질, 육모 및 탈모 방지 효과가 있는 물질을 추출해 원료로 사용한 제품이 나와 있고 좀 더 효능이 뛰어난 원료를 찾아내기 위한 연구가 한창이다. 또한 콩에서 추출한 NaPCA(피로라돈 칼보산 나트륨, 보습인자) 성분을 첨가해 보습성이 뛰어난 제품도 시중에 나와 있다.

합성 원료 연구

새로운 계면활성제, 자외선 차단제, 피부 미백 효과 물질 등의 원료를 말하며 이것은 합성을 통해 생산된다.

계면활성제는 1917년 독일에서 처음으로 상품화한 이후 제조 기술과 응용 기술에서 빠른 진전이 이루어져 그 종류만 해도 약 2만 종에 달한다. 응용 범위도 상당히 넓어져 거의 모든 분야에 걸쳐 제품의 고품질화, 고기능화, 고부가가치화를 달성하는 데 없어서는 안 될 성분으로 자리 잡았다. 앞으로도 그 이용 범위는 매우 넓어질 것으로 보인다.

계면활성제가 처음 등장하던 무렵에는 주로 섬유 제조 공정에서 사용되었지만 응용 기술이 발전하면서 수요 구조가 점점 변화하기 시작했다. 주성분과 부성분으로는 세제, 종이, 펄프, 식품, 화장품, 안료 및 염료, 고무, 플라스틱, 의약품, 농약, 콘크리트, 세라믹스 등이 있으며 거의 전 산업 분야에서 활용되고 있다. 특히 용도가 다변화하면서 요구되는 특성도 다양화해 기존 계면활성제의 신규용도 개발은 물론 새로운 계면활성제 개발도 계속 진행되고 있다.

신소재, 고분자 관련 연구

화장품의 기능성을 향상시키기 위한 고분자 소재의 원료를 말한다. 여기에 속하는 원료로는 아크릴 분말, 실리케이트 입자, 초미립 입자, 초미립자 산화타탄, 자

외선에 의해 색 변화를 일으키는 포토크로믹 물질, 색
향상성이 우수한 입자 등이 있다.

특히 아크릴, 메타이크릴 계통의 음이온 및 양성이온
고분자 등은 헤어스프레이 등 헤어 제품에서 중요한 역
할을 하고 있다. 또한 수용성 아크릴 고분자는 유화 안
정화와 사용성 개선을 위해 거의 모든 제품에 첨가되고
있다.

피부 유용성 전달 시스템 연구

피부의 유효 성분을 효과적으로 전달하기 위해 개발
된 대표적인 원료로는 **리포솜**이 있다. 리포솜은 인지질
이 물에 분산되었을 때 형성되는 구형 물질로 내부에
수용성 물질을 지니는 이중층의 폐쇄세포다. 이러한 리
포솜은 1961년 인공적인 개발에 성공한 이래 1972년 취
리히에서 열린 화장품 학회에서 최초로 상품 응용이 거
론되었다.

크리스찬디올과 파스퇴르연구소가 공동 개발해 출시
한 '캡처'를 시작으로 국내에서는 태평양화학의 바이
오솜, 일본은 노에비아, 폴라 등의 리포솜 제품이 개발
되었다. 이후 의약품 분야에서 연구되던 약물 전달 체
계인 디디에스 기법을 응용해 불안정한 효과 성분을 보

호 전달하기 위한 연구가 진행되었다. 즉, 마이크로캡슐 체제, 고분자 천연물질, 마이크로 에멀전 등을 이용한 전달 시스템 연구가 이루어진 것이다. 억제 방출과 선택적인 지속력으로 약효 성분을 전달하는 제품 연구는 앞으로도 꾸준히 지속될 것으로 보인다.

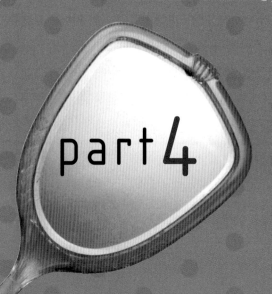

part 4

화장품의 유통과
판매의 문제점

화장품의 유통과
판매의 문제점

1. 국내 화장품의 유통 변화

　1945년 8.15 광복 이후부터 1960년대 말까지 국내 화
장품 유통은 주로 잡화 도매상을 통해 잡화 소매상에서
판매되는 방식이 주류를 이루었다. 당시 잡화 도매상은
사실상 화장품 도매상이나 마찬가지였다. 이들이 취급
하는 상품의 90퍼센트가 화장품인데다 나머지 10퍼센
트도 거울, 비누, 치약, 빗, 노리개 등 멋을 내거나 화장
과 관련이 있는 상품이었기 때문이다.

　일제시대도 마찬가지지만 광복 이후나 6.25 동란 당
시 정부가 수도를 옮긴 이후에도 잡화 도매 시장의 주
축은 동대문 시장과 남대문 시장이었다. 이들 잡화 도
매상은 1961년에 전국 잡화도매상연합회를 결성했는데
1960년대 말에는 그 회원이 약 120명에 이를 만큼 화장
품 유통의 주류를 이루게 되었다.

　하지만 1960년대 중반, 제조업체들이 잡화 도매상을

통한 화장품 공급을 지양하고 외판원을 채용해 방문판매로 전환하기 시작하면서 시판업계는 상대적으로 사양길로 접어들었다. 1960년대 초 성미쥬리아가 화장품 판매에 **방문판매**를 최초로 도입해 급신장세를 보이자 태평양화학, 한국화장품, 피어리스 등도 방문판매 조직을 갖추기 시작했다. 이렇게 해서 1960년대 중반부터 본격화하기 시작한 방문판매는 이후 급속히 확대되었고, 1980년대 중반에는 전체 화장품 유통의 80퍼센트 이상을 차지하게 되었다.

이처럼 방문판매가 급속히 확산된 이유는 판매원에 대한 능률급제도 시행, 소비자의 잠재욕구 유발 기회 확대 등의 장점이 있었기 때문이다. 하지만 방문판매는 외판원이 가정이나 직장으로 직접 소비자를 찾아가 3개월 정도 외상할부판매를 하는 시스템이었던 터라 도매상을 통한 시장 판매나 백화점 및 체인스토어에 비해 가격이 비싸다는 단점이 있었다. 탓에 이후에는 할인코너로 불리는 화장품 전문점을 중심으로 일반 판매 비중이 점차 확대되기 시작했다.

간단히 말해 국내 화장품 유통은 1980년대 중반까지 방문판매가 전체 유통량의 약 80퍼센트로 절대적인 비중을 차지했지만, 이후 일반 및 업소 판매 비중이 높아지면서 화장품 전문점을 통한 일반 판매가 주요 유통경로로 기반을 굳히게 되었다.

화장품 전문점이 방문판매의 이점을 누르고 번성하게 된 이유는 무엇일까? 그것은 소비자의 입장에서 방문판매를 통한 구매에 비해 화장품 전문점이 30~50퍼센트 저렴하게 제품을 판매했고 또한 제품의 선택폭이 매우 넓었다는 데 있다. 공급자의 입장에서는 같은 출하가격에 매출채권 회수기간이 짧아 운전자금 부담이 적고 대손발생이 줄어든다는 이점 외에도 판매원 모집 및 교육에 소요되는 비용이 절감된다는 장점이 있었다.

물론 그 이면에는 또 다른 비용이 발생했다. 화장품 유통 구조가 일반 판매로 전환되면서 도매상과 대리점에 대한 판매 촉진비 및 판매 수수료가 급증했던 것이다. 이에 따라 판매가가 높아지는 동시에 과당 할인경쟁과 덤핑판매가 성행하게 되었다.

화장품 할인율은 대개 30~40퍼센트이며 덤까지 포함하면 50퍼센트대에 육박한다. 당연한 일이지만 이러한 전략은 화장품 업체의 수익성을 크게 악화시킬 수밖에 없다. 여기에다 시장 개방화로 외국 화장품이 물밀듯이 밀려들면서 경쟁은 갈수록 치열해지고 있다. 이에 따라 화장품 업체들은 건전한 유통 구조 확립과 더불어 소비자에게 밀착해 각종 미용 서비스 및 정보를 제공하며 끊임없이 노력하고 있다. 일부에서는 소비자의 만족도를 높일 수 있는 판매망을 확보하기 위해 신 방문판매 제도의 도입을 추진하기도 했다.

과거의 방문판매 개념이 소비자와 업체를 연결하는 것이라면, **신 방문판매**는 과거의 개념에 소비자가 소비자에게 판매를 연결하는 **네트워크 판매 개념을 포함**한다. 신 방문판매는 코리아나화장품이 처음으로 도입해 성공을 거두면서 확산되기 시작했고 상위 제조업체는 물론 신생 기업과 수입 업체들도 경쟁적으로 조직 확대를 꾀하고 있다.

　네트워크 판매의 핵심은 완벽한 A/S와 최상의 품질을 자랑하는 상품에 있다. 네트워크 판매에 대한 오해가 만연할 때도 이를 극복하게 해준 가장 큰 견인차는 바로 제품 우위와 완벽한 A/S였다. 이것은 화장품 업체의 영원한 과제로 앞으로도 꾸준히 개선하고 노력을 집중해야 할 분야다.

2. 유통 및 판매에 감춰진 문제

복잡한 유통 구조의 최대 피해자는 바로 소비자이다. 정가의 절반 이상을 할인해도 업체에서 손해를 보지 않는다면 처음부터 가격이 터무니없이 책정되어 있거나 그 화장품이 기술적으로 충분한 가치가 없는 것이라고 할 수밖에 없다.

그동안 국내 화장품 업계가 기술적으로 많이 발전한 것은 사실이지만 아쉽게도 여러 가지 여건상 언론매체를 통한 홍보에 주력해 제품을 판매해 온 것도 부인하기 어렵다. 우리의 건강과 직접적으로 관련이 있는 화장품이 연구 개발비보다 광고비가 많다면 이것은 어딘가 모순적인 현실이라고 할 수 있다.

80퍼센트를 할인해도 손해가 없는가?

해외를 여행할 때 우리가 가장 피부로 느끼는 것은 바로 돈의 가치다. 환율이나 그 나라의 경제 수준에 따라 1,000원이나 1,000달러의 가치가 마치 고무줄처럼 줄어들었다 늘어나기 때문이다. 우리나라를 기준으로 경제적으로 뒤처지는 동남아나 아프리카 지역으로 여행을 가면 10만 원으로도 여러 가지 일을 해낼 수 있다. 반면 일본이나 미국을 여행하면 그 돈으로 할 수 있는 일이 거의 없다. 당연한 얘기지만 같은 제품도 어디에서 구입하는가에 따라 가격은 천차만별이 된다.

하지만 다른 나라도 아니고 국내에서 똑같은 제품이 구입하는 점포나 지역에 따라 30~40퍼센트나 차이가 난다면 심각한 문제라고 할 수 있다. 그 대표적인 제품이 바로 화장품이다. 복잡한 유통 구조와 판매 방식으로 인해 가격이 판매장소에 따라 많은 차이가 나는 것이다. 심지어 정찰가격의 80퍼센트까지 할인을 해준다는 문구를 붙여 놓고 소비자를 유혹하는 할인점도 있다.

장사는 이윤을 남겨야만 그 명맥을 유지할 수 있다. 그렇다면 그토록 많은 할인을 해주어도 제조업체나 판매업체가 어떤 형태로든 최소한의 이윤을 취할 수 있도록 가격이 왜곡되어 있다는 얘기일까? 이런 폐단을 시정하지 않으면 그러한 가격 구조로 인해 발생하는 피해는 고스란히 소비자에게 돌아올 수밖에 없다.

연구 개발보다 광고로 만드는 히트상품

화장품 업계는 대개 국내외 톱스타들을 대거 기용해 대대적으로 광고를 쏟아낸다. 천문학적인 모델료를 지불하면서 소비자들의 로망을 자극하는 것이다. 이미 알고 있겠지만 화장품 업계에서 모델에게 제공하는 엄청난 모델료와 각종 편의 제공에 들어가는 비용은 고스란히 소비자가 떠안게 된다. 똑같은 품질에 광고비가 더 투입되었다는 이유만으로 소비자는 더 비싸게 돈을 내고 사야 하는 것이다.

대부분의 화장품 회사는 가격을 부풀리기 위해 일상적으로 과대광고를 일삼는다. 이는 화장품 업체들이 매출액의 30퍼센트에 달하는 비용을 제품의 연구 개발이 아닌 광고비에 쏟아 붓는다는 것만 보아도 알 수 있다.

외국의 업체들은 매출액의 약 5퍼센트를 연구 개발에 투자한다. 반면 국내 업체들은 그 비용이 불과 2퍼센트에도 미치지 못한다. 이는 곧 광고가 제품의 품질과 전혀 상관관계가 없다는 것을 알게 해준다. 다른 공산품의 제조원가가 가격의 30~40퍼센트에 달하는 것에 비해 화장품의 제조원가는 가격대비 겨우 1~2퍼센트에 지나지 않는다. 그렇다면 대체 화장품은 얼마나 과대포장되어 팔려 나가고 있는 셈인가?

사실 화장품은 기술 집약적인 산업의 대표적인 업종이다. 하지만 화장품 업계는 소위 말하는 히트제품을 만들어 내기 위해 상상을 초월하는 광고비를 투자하면서도 제품의 품질 향상을 위한 연구 개발비는 소홀히 하는 경향이 있다. 화장품 업체가 제품 개발보다 방송이나 신문 등의 광고를 통해 소비자의 감성을 자극하는 얄팍한 상술로 매출을 확대하고 있는 것이다.

물론 최근에는 정보의 다양화와 공유화로 품질에 대한 감시가 어느 때보다 강화돼 있지만, 광고에 매달려 매출을 신장하려는 화장품 업계의 사고방식에는 그다지 변화가 없다. 세계화와 개방화로 경쟁이 갈수록 치열해지고 있는 오늘날 화장품 업계가 쟁쟁한 국제 기업과의 경쟁에서 살아남으려면 과장된 광고가 아니라 연구 개발에 관심을 집중해야 한다.

3. 우롱당하는 소비자?

어떤 분야든 변화의 주축이 되는 존재는 소비자다. 소비자가 먼저 눈을 떠야 회사가 제품을 제대로 만들어 낸다. 회사는 본래 이윤 추구를 목적으로 하기 때문에 수익을 극대화하기 위해 간혹 비상식적인 행위를 하거나 말도 안 되는 제품을 내놓는 일도 있다. 물론 정부가 상법을 통해 이러한 가능성을 통제하려 애쓰지만 모든 행동을 일일이 감시하기는 어렵다.

따라서 그들이 만들어 낸 제품을 직접 사용하는 소비자가 늘 감시의 눈을 거두지 않아야 한다. 특히 그러한 제품이 사람과 직접 관련된 음식, 약품, 화장품 등 인체에 주입하거나 접촉하는 제품일 경우 그 중요성은 더욱 커진다. 이러한 중요성 때문에 정부도 식료품이나 의약품, 화장품은 특별 관리를 하고 있다. 그런데 식료품이나 의약품처럼 그 효과가 금방 드러나는 제품은 쉽게 규제하고 시정 조치를 취할 수 있지만 화장품은 그 중요성에도 불구하고 여러 가지 여건상 그렇지 못하다.

화장품에 대한 인식이 여전히 낮다는 것도 문제를 키우는 원인 중 하나다. 일상적으로 화장품을 사용하다 보니 설사 어떤 문제가 발생해도 무심코 그냥 지나치는 경우가 많다. 그래도 다행스러운 것은 화장품이 인체에 커다란 영향을 미칠 뿐 아니라 환경 문제와도 깊은 관련이 있는 중요한 산업이라는 인식이 점점 퍼져나가고 있다는 사실이다.

아직까지는 일부의 얘기지만 소비자들은 화장품을 보다 정확히 인식하려 노력하고 있고 그 속에 포함된 경제 논리까지 꿰뚫는 경우도 있다. 제품을 구입할 때 광고에 휩쓸리거나 몇 마디 감성적인 말에 자극을 받아 충동구매를 하던 소비자들이 제품의 품질과 효과를 다각도로 고려하고 부작용을 꼼꼼하게 점검할 정도로 인식이 향상되고 있는 것이다.

광고에 현혹되지 마라

1970년대에는 화장품의 개념이 피부를 청결하게 하고 외모를 아름답게 하려는 욕망을 충족시키는 데 초점을 두고 있었다. 1980년대에는 여기에다 피부에 영양을 공급하고 세포를 활성화하며 보호하는 치유 개념으로 발전했다. 그리고 1990년대에는 화장품의 개념이 피부의 노화 방지와 손상된 세포를 치유하는 기능성을 첨가하는 쪽으로 방향이 바뀌었다.

무엇보다 1980년대 초반부터 일부 개방되기 시작한 화장품 시장이 중반에 완전히 개방되었고, 1990년에는 화장품 도매 시장까지 개방되면서 경쟁이 더욱 치열해졌다. 또한 세계 각국의 유명 화장품이 국내 시장에 진출하기 시작하면서 기존제품으로는 더 이상 경쟁이 어렵다는 인식이 확산되었다.

일단 소비자의 기호에 따라 신제품이 개발되면 소비자에게 홍보하고 그들이 거부감 없이 사용할 수 있도록 유도하는 문제가 남는다. 이때 화장품 업체는 상표명을 정하고 대상 소비자를 선정하며 제품의 기능과 대상 소비자에게 어울리는 포장 디자인을 개발하는 과정을 거친다.

여기까지 진행되면 이제 신제품을 소비자들에게 효과적으로 홍보하고 경쟁사 제품보다 우수하다는 인식을 심어 주어야 한다. 이때 화장품 업체는 대개 텔레비전, 라디오, 신문, 잡지 등 4대 매체를 활용해 지속적으로 광고 전략을 펼쳐 나간다. 만약 신제품이 경쟁사의 유사한 제품과 그다지 수준 차이가 나지 않는다면 독특한 광고 전략을 채택하기 위해 두뇌 싸움을 벌이게 된다.

최근에는 환경오염 문제가 사회적으로 이슈화하면서 업체마다 간판으로 내거는 것이 **그린 마케팅**이다. 사실 소비자는 아름다운 자연이나 깨끗하다는 인식을 심어 주는 전략에 약한 편이다. 이러한 심리를 파고들어 다양한 분야에서 녹색혁명을 기본 개념으로 하는 홍보 전략을 너도나도 쏟아내고 있다.

바로 이 대목에서 소비자들이 눈을 크게 떠야 한다. 막연하게 자연 친화적이라거나 환경을 생각한다는 식의 부풀려진 광고에 넘어갈 것이 아니라, 그 신제품이 정말로 그린 마케팅에 적합한 제품인지 꼼꼼히 살펴보아야 하는 것이다. 단순히 깨끗함을 강조하고 암시하는 사진이나 그림, 우아하고 세련되어 보이는 용기, 그리고 감성을 자극하는 말에 현혹되면 그린 마케팅에 이용당할 뿐이다. 광고는 그저 매출 증대를 위한 마케팅 전략일 뿐이지 품질 향상을 위한 것과는 전혀 상관이 없다.

진정한 자연 친화적 제품이라면 제품 원료부터 달라야 한다. 인체와 다른 자연체에 전혀 해로움이 없어야 하는 것이다. 단순히 깨끗하다는 말만으로 소비자에게 녹색 제품이라고 주장하는 것은 소비자를 기만하는 것이나 다름없다. 나아가 화장품 업체는 그 제품에 사용된 원료를 정확히 밝히고 소비자에게 정당하게 평가를 받아야 한다.

신제품마다 바뀌는 건 화장품 용기와 모델뿐

화장품 업체가 자체적으로 연구소를 설치하고 연구 개발을 통해 나름대로 특허등록을 한 후 신제품을 내놓는 것은 그나마 다행스런 일이다. 문제는 우리가 매일 사용하는 대부분의 화장품이 그런 과정을 거치지 않은 채 용기만 바꾸거나 현란한 광고만으로 신제품인양 시장에 나온다는 사실이다. 그러면서 광고에는 최고의 기술이 만들어 낸 고품질 제품이라고 주장한다.

그렇다면 그 전에 생산해 광고하던 똑같은 기능의 제품은 뭐란 말인가? 그만큼 신기술이 빠르게 개발되고 있다는 얘기일까? 외국의 사례를 보면 전혀 그렇지 않다. 오히려 최근에 고속 성장을 이룬 몇몇 회사는 가장 좋은 원료를 사용해서 만든 최고의 제품은 그 수명이 계속해서 이어진다는 사실을 증명하고 있다.

특별한 신기술이 개발돼 변화가 생기지 않는 이상 회사는 그 제품을 계속 연구 개발해 품질을 더욱 향상시

키게 마련이다. 또한 한 번 그 제품을 사용해 본 소비자
는 제품의 우수성을 체험으로 확인하기 때문에 지속적
으로 반복구매를 하게 된다. 그렇게 해서 회사는 성장
하고 소비자는 품질이 계속 업그레이드되는 똑같은 제
품을 안심하고 사용한다.

　하지만 국내에서는 화장품의 기본 수명이 짧게는 몇
개월, 길게는 2~3년을 넘기지 못한다는 것이 정설로 되
어 있다. 그 이유는 무엇일까? 그것은 국내 소비자가 화
장품을 한 번 선택해 사용한 뒤에 재구매를 거의 하지
않기 때문이다. 이런 이유로 업체는 계속해서 똑같은
제품의 겉모양만 바꿔 신상품이라고 광고를 해대는 것
이다. 그러다가 그 소비층이 없어지면 또다시 그럴듯하
게 외양만 바꿔 새로운 제품인양 시장에 내놓는다. 이
런 악순환의 연결고리가 화장품 제조회사는 회사대로
소비자는 소비자대로 속고 속이는 구조를 만들어 내고
만다.

　다행히 세계화, 개방화가 가속화하면서 이러한 구조
에 철퇴가 내려지고 있다. 더 이상 눈 가리고 아웅 하는
식으로는 경쟁력을 갖출 수 없기 때문이다. 냉혹한 시
장경제 논리에서 살아남으려면 소비자를 왕으로 생각
하는 고객 제일주의를 추구하고 끊임없이 연구 개발에
투자해야 한다.

　소비자는 분명 그런 경쟁 속에서 살아남은 기업의 제

품만 구입하려 할 것이다. 화장품은 먹는 음식만큼이나 인체에 민감하게 반응한다. 따라서 화장품 업체는 자사가 만들어 낸 제품에 대해 끝까지 책임지고 소비자를 보호해야 한다.

국내 화장품의 유통경로

제조회사				
	대리점 →	판매원 →	소비자 →	방문판매
	종합도매상 전문대리점 →	종합코너 →	소비자 →	일반판매
	대리점 →	이·미용업소·유흥업소 →		업소판매
	판매회사(지점) 영업소 →	소매점 (체인점) →	소비자 →	제조 도매
	→	백화점 코너 →	소비자 →	
	→	회원 →	소비자 →	네트워크판매

화장품에는 A/S가 없다?

국내 화장품은 그 가격이 만만치 않음에도 불구하고 부작용이나 제품에 문제가 있어서 소비자가 반품하려 하면 까다롭게 구는 경우가 많다. 명목상으로는 반품을 받아 준다고 하지만 화장품 전문점이나 할인점은 할인가에 대한 까다로운 적용 때문에 반품을 쉽게 받아 주려 하지 않는다. 이것은 화장품 유통 구조상의 문제로 소비자의 입장에서는 뾰족한 대책을 세우기가 쉽지 않다.

물론 이러한 구조는 분명 바뀌어야 한다. 몇 천 원짜리 물건도 A/S가 되고 심지어 소프트웨어를 구입해도 잘못된 것이 있으면 제때 바꿔 주는 시대에 몇 만 원 혹은 몇 십 만 원이나 하는 고가의 제품을 팔면서 A/S를 소홀히 하면 결국 소비자의 외면을 받을 수밖에 없다. 더구나 인체에 직접적인 영향을 미치는 화장품을 판매하면서 사후관리를 제대로 하지 않는다는 것은 상식 밖의 일이다.

화장품에도 반드시 A/S가 필요하다는 경각심을 일깨우기 위해서는 먼저 화장품을 사용하는 소비자가 적극적으로 행동해야 한다. 불편함의 정도가 약하다고 해서 혹은 가격이 얼마 되지 않는다고 해서 그냥 지나쳐 버리면 개인적인 피해는 물론 국내 화장품 업계의 발전에도 큰 걸림돌이 된다. 문제를 깨우쳐 주지 않으면 계속해서 그렇게 해도 되는 줄 알고 우쭐하게 마련이다.

어떤 제품일지라도 돈을 받고 판매했다면 당연히 사용 후의 결과를 책임져야 한다. 현재와 미래의 성장을 위해 화장품 회사는 물론 소비자도 변해야 한다.

part5

화장품 산업의
시련과 도전

흔들리는 국내 화장품 업체의 입지

화장품 산업의 시련과 도전

흔들리는 국내 화장품 업체의 입지

> **순수한 의미의 국산 화장품 비율은?**

　우리나라 화장품의 기술 자립도가 최근 눈부시게 성장한 것은 사실이다. 하지만 아직까지도 많은 부분을 외국 업체에 의존하고 있으며 이제 FTA 시대를 맞아 그것은 화장품 업계에 하나의 도전이자 기회로 다가올 것이다.

　국내 주요 화장품 제조업체에서 수입하는 화장품 가격은 수입 원가의 평균 3.76배에 달한다. 화장품 산업뿐 아니라 국내의 거의 모든 산업이 1960년대의 경제계획 이후로 양적 성장을 추구하면서 질적인 부분은 급한 대로 외국의 기술을 빌려 사용하는 경우가 많았다. 국내 화장품 회사들 역시 연구 개발에 투자하기보다 안일하게 유명 외국 회사와 기술 도입 계약을 맺는 데 초점을 맞추고 상품 판매에만 급급했다. 그렇게 해도 별다른 무리 없이 정부의 보호 속에서 발전하고 성장해 나갈 수 있었다.

탓에 불모지를 개척하느라 모진 비바람을 맞아야 했던 반도체나 전자분야가 눈부시게 성장하는 동안 화장품 산업은 주로 기초화학 분야에 머물며 엉금엉금 기고 있었다. 물론 그동안 한방 원료 등을 이용한 기술로 뛰어난 성과를 올리며 성장한 화장품 회사도 있지만 우리나라 화장품 시장의 규모나 성장 속도에 비해 질적인 발전이 부족한 것은 사실이다. 심지어 소비자들이 그럭저럭 괜찮다고 인정하는 화장품 중에서 순수 국산 원료로 만들어진 제품이 얼마나 되는지 의문이 들 때도 있다.

물론 우리나라의 화장품 산업도 규모면에서 엄청나게 성장했고 외국에도 많이 진출하고 있다. 여기에는 국내 소비자의 향상된 소비 인식과 뛰어난 감각도 한몫했다. 국내 화장품 산업 기술의 발전보다 소비자의 경제 수준이나 의식 수준이 더 앞서나갔던 것이다.

실제로 소비자들은 국산이든 외제든 보다 뛰어난 제품을 구매하는 데 조금도 주저하지 않는다. 이러한 소비성향은 제품 개발에 투자하지 않으면 살아남기 어렵다는 위기의식을 불러일으키기에 충분하다.

소비자의 마음을 사로잡는 새로운 관점

오늘날에는 경제 수준과 문화 수준이 하루가 다르게 향상되고 가치 구조가 변화함에 따라 주위의 모든 것이 적응하기 힘들만큼 빠르게 변하고 있다. 무엇보다 자국의 이익을 우선적으로 챙기는 실리주의가 팽배해지고 FTA와 더불어 경제 여건이 시시각각 변하면서 모든 분야의 시장 환경이 급속도로 바뀌고 있다. 국내의 화장품 업계가 외국의 쟁쟁한 브랜드들과 치열한 전쟁을 벌인 지는 이미 오래되었다. 더불어 살아남기 위한 자구책을 마련하지 못한 기업들은 시장에서 조용히 사라지곤 했다.

이제 뛰어난 품질은 기본이고 여기에 더해 고객에 대한 질적 서비스가 우수해야 살아남을 수 있다. 기업들이 죽을 끓듯 끊임없이 변덕을 부리는 소비자의 입맛을 맞추는 정도가 아니라 소비자 니즈를 선도해야 하는 시대인 것이다.

사람이 먹고사는 것을 해결하고 나면 다음에는 점점 더 편리하고 좋은 것을 찾게 마련이다. 그렇다면 지금처럼 품질 차별화가 어려운 시대에는 어떤 점에 주목해야 할까? 그것은 사람들이 무엇을 가장 불편하게 생각하고 있는가를 살펴보면 알 수 있다. 요즘의 화두는 바로 교통체증과 복잡한 쇼핑 환경이다. 당연히 이것을 해소해 주는 기업이 소비자의 마음을 사로잡을 수 있다. 날씨가 춥거나 더울 때, 혹은 비나 눈이 올 때 택배 업체가 유난히 바빠진다는 것은 무엇을 시사하는가?

이제 소비자의 라이프스타일은 확실히 변했다. 더불어 화장품 판매에 많은 변화가 일어나고 있다. 무엇보다 소비자의 선택권이 보다 확대되고 국경의 개념이 무색해지면서 다양한 제품이 빠른 속도로 유통되고 있다. 오늘날의 화장품 업체는 바로 이러한 변화에서 기회를 모색해야 한다.

라이프스타일의 변화

소비자의 변화된 욕구에 대응하기 위한 기업의 노력은 먼저 유통 구조에서 나타나고 있다. 보다 경쟁력 있고 혁신적인 마케팅 방법을 개발하기 위해 노력하고 있는 것이다. 물론 이를 위해서는 사회적인 흐름에 주목하고 그것을 명확히 관찰할 필요가 있다.

삶의 방식은 지금 이 순간에도 변하고 있다. 문명의 혜택을 전혀 받지 못하던 시대에서 라디오 시대, 텔레비전 시대를 거쳐 컴퓨터 시대로 오기까지는 상당한 시간이 걸렸지만 이제는 그야말로 눈 깜짝할 사이에 세상이 휙휙 변하고 있다. 인터넷이 우리의 생활양식을 지배한 이후로 변화의 속도가 전광석화처럼 일어나고 있는 것이다.

컴퓨터가 가져온 전반적인 변화들은 이루 헤아리기 조차 어려울 정도로 많다. 지금은 전 세계가 하나의 통신망으로 연결되어 있고 원하기만 하면 누구와도 모니터 앞에서 대화할 수 있는 현실을 당연시하는 시대다. 또한 필요한 정보는 인터넷을 서핑하는 것만으로도 간단하게 얻을 수 있다.

이제는 집에서는 물론 슈퍼마켓, 상점, 은행, 사무실 등 어디에서든 컴퓨터 없이는 아무 일도 할 수 없는 시대가 되었다. 동사무소에 가서 간단하게 서류를 하나 떼려 해도 컴퓨터가 문제를 일으키면 꼼짝 없이 그냥 발길을 돌려야 하는 세상이다. 한마디로 우리의 삶은 알게 모르게 컴퓨터의 지배를 받고 있다.

앨빈 토플러는 이미 오래 전에 '미래의 충격' 혹은 '제3의 물결'이라는 말로 이러한 정보화 시대의 생활상을 예견한 바 있다. 그는 컴퓨터가 널리 보급되기 이전에 우리 삶의 모든 부분이 컴퓨터의 지배를 받게 되고 컴퓨터의 발전으로 인한 편리함이 생활양식을 빠르게 바꿔놓을 것이라고 지적했다. 물론 우리는 이미 컴퓨터와 함께하는 세상을 당연시하고 있다.

이런 이유로 이제부터 이야기할 새로운 마케팅, 즉 유통 구조의 변화는 컴퓨터를 이용한 정보화의 물결 속에서 가장 적응을 잘하는 회사의 생존전략이 될 수밖에 없다. 우리의 새로운 생활양식은 분명 정보화 시대의 바탕 위에서 파악되어야 한다. 생활양식의 변화를 파악한다는 것은 곧 현재 소비자의 생활 모습이 어떤지 정확히 알아내고 사회의 전반적인 흐름을 고려할 때 어떤 속도로 어떻게 변해갈 것인지 판단하는 것을 의미한다.

예를 들어 화장품 산업의 변화를 알기 위해서는 화장품을 사용하는 고객의 필요성이나 욕구가 어디에 있는지 정확히 파악해야 한다. 소비자는 자신에게 필요한 화장품을 구입하고 화장하고 싶은 욕구에 따라 구매를 하게 된다. 따라서 소비자의 욕구를 무시한 마케팅이나 판매 전략은 성공하기 어렵다. 이는 곧 화장품 업계가 지금까지의 판매 전략을 그 기초부터 뜯어 고쳐야 한다는 것을 뜻한다.

세계로 향할 것인가? 우물 안 개구리가 될 것인가?

당연한 얘기지만 우리의 생활양식은 우리가 가장 잘 알고 있다. 그런데 아이러니하게도 국내 화장품 업계는 외국의 화장품 업계보다 국내 소비자의 입맛을 잘 파악하지 못하고 있다. 탓에 국내 화장품 업계가 안일하게 광고에 매달리고 그럴싸하게 용기만 바뀐 신제품을 내놓으며 판매에 몰두하는 동안, 선진 외국 회사들은 우리나라 소비자들의 변화한 라이프스타일을 분석하고 여기에 적합한 마케팅 전략을 구사하고 있다. 소비자는 애국심이 아니라 제품의 질이나 마케팅 노력에 따라 움직인다. 그렇다면 그 결과가 어떻게 나올지는 뻔한 일 아닌가?

이런 일은 화장품 업계뿐 아니라 산업 전반에 걸쳐 나타나고 있다. 예를 들어 24시간 편의점의 경우 외국의 대형 유통업체가 급격히 번성하고 있다. 이는 결코 우연이 아니다. 이제 물건을 만들어 파는 데 국적은 없다. 소비자를 최고로 여기는 최상의 제품, 최선의 유통 마케팅을 갖추고 있다면 국가간의 이념이나 무역관세 등은 장벽이 될 수 없다. 오로지 소비자의 선택만이 중요할 뿐이다.

미국의 화장품 회사가 미국 본토보다 일본에서 더 많은 매출액을 달성하고, 일본의 화장품 회사가 자국보다 미국에서 더 많은 신뢰를 받으며 탄탄한 수익 구조를 구축하고 있는 것은 결코 새삼스러운 일이 아니다. 물론 우리나라도 이미 그러한 변화의 물결을 타고 있다. 중국이나 동남아에서 한국 기업들의 화장품이 돌풍을 일으키고 있는 것이다.

이제는 최고의 품질만이 회사의 생존을 보장하고 성장하게 한다. 소비자가 상품의 국적보다 품질의 우수성과 가격경쟁력을 우선적인 구매 포인트로 삼기 때문이다. 적당히 만들어 그럴듯한 광고만 내보내면 판매할 수 있다는 믿음은 이미 깨진 지 오래다. 이는 선택의 폭이 좁고 경제 수준이 낮을 때나 통하던 일이다.

이제는 집 밖으로 한 발짝만 나서면 온갖 화장품이 줄지어 기다리고 있다. 더구나 현대 소비자들은 대중매체의 신속한 정보망을 통해 기업의 제품 개발자보다 많은 정보를 받아들이고 있다. 그러니 소비자들의 입맛이 까다로워지는 것은 당연하다.

예를 들어 신제품이 개발된다는 소식은 아무리 쉬쉬해도 어느새 소비자와 경쟁사에 전달되고 만다. 나아가 그러한 정보는 전 세계를 하나의 시장으로 묶어 내고 소비자를 국제적인 소비자로 거듭나게 만든다.

이런 변화는 국내 기업에게 위기이자 곧 도약의 기회라고 할 수 있다. 뛰어난 품질과 고객위주의 마케팅 능력을 구사한다면 전 세계를 자사 시장으로 삼아 사업을 펼칠 수 있기 때문이다. 반대로 우물 안 개구리 식으로 현재의 사업에 안주한다면 그나마 그동안 편안히 깔고 앉아 있던 시장도 외국 업체에 고스란히 내주고 말 것이다.

한편 소비자 역시 다양한 선택의 기로에 서 있다. 물론 이제는 치기 어린 애국심에 기대 아무런 비판 없이 무조건 국산품을 애용하겠다는 소비자는 거의 없다. 날로 현명해지는 소비자는 정확한 정보와 판단력으로 갈수록 최고의 제품만을 선택하려 하고 있다.

이것은 국내 기업에게 하나의 기회가 될 수 있다. 다시 말해 국내 소비자의 입맛에 맞추면 그것이 곧 전 세계의 표준이 될 수도 있기 때문이다. 실제로 국내 소비자들은 까다로운 입맛을 갖춘 현명한 소비자라고 국제적으로 정평이 나 있다. 한국에서 성공하면 세계에서 성공한다는 말이 있을 정도다. 그러므로 국내 기업은 이러한 환경적 이점을 잘 살려 세계 시장으로 도약할 길을 모색해야 한다.

방문판매의 한계와 가능성

방문판매란 판매원이 상품이나 제품 카탈로그를 들고 집집마다 가망고객을 방문해 판매하는 것을 말한다. 이러한 판매 방법은 경제 성장과 더불어 한정된 소비자를 놓고 경쟁하는 기업이 늘어남에 따라 상품 판매의 중요한 방편이 되었다.

특히 화장품 방문판매는 주부나 화장에 대해 기초 지식이 있는 젊은 여성들이 직접 고객의 집을 방문해 마사지나 기초 화장을 비롯해 피부 관리를 해줌으로써 화장품 판매에 결정적인 역할을 했다. 하지만 방문판매는 그다지 쉬운 판매 방법이 아니다. 더구나 국내에서는 세일즈라는 개념이 올바르게 정착되기도 전에 방문판매가 시작되어 이러한 판매 방법을 하나의 비즈니스로 인식하지 않았다. 사업자의 개념보다 단순히 물건을 팔기 위해 이 집 저 집을 기웃거리는 외판원쯤으로 인식하게 되었던 것이다.

물론 일부 방문판매원은 백 번 거절을 당해도 한 번 성공하면 된다는 신념으로 의욕을 다지며 열심히 뛰어다녔고, 이들에게는 다른 사람들보다 많은 수입이 주어졌다. 이에 따라 방문판매 업체는 판매원들이 강인한 정신력을 갖도록 다양한 방법으로 훈련을 시켰다.

개중에는 회사에서 시키는 대로 열심히 노력해 판매왕이나 판매여왕의 자리에 올라 성취감을 맛보는 사람도 있었다. 덕분에 방문판매를 채택한 회사도 많은 매출 신장을 이루었고 대기업으로 성장하기도 했다. 특히 우리나라 화장품의 역사는 이들 방문판매원이 이뤄 놓은 것이라고 해도 과언이 아닐 정도다.

하지만 이것은 과거의 일일 뿐이다. 사람들의 용기를 자극해 무작정 도전하게 하는 데는 한계가 있게 마련이다. 판매한 개수에 따라 수당이 주어지는 계산법 역시 더 이상 통하지 않게 되었다. 이제는 그렇게까지 무모하게 도전하지 않아도 먹고사는 데 별다른 어려움이 없게 되었고, 또한 손쉬운 직장이 많이 생겨났기 때문에 방문판매원이라는 일자리는 사람들의 관심 밖으로 멀어져 갔다.

더욱 중요한 점은 아무리 열심히 돌아다녀도 팔 수 있는 데 한계가 있다는 사실을 방문판매원 스스로 깨닫게 되었다는 것이다. 이는 사람들의 라이프스타일과 시장이 변했기 때문이다. 무엇보다 방문판매 회사들이 제품 판매에만 급급한 나머지 제품 개발에 관심을 두지 않았고, 자질에 상관없이 방문판매원을 채용한 탓에 여러 가지 문제가 불거졌다. 여기에 교통난, 핵가족으로 인한 사생활 보호 심리 등으로 인해 방문판매 자체에 대한 소비자의 거부감도 늘어났다.

이런 까닭에 서서히 단순한 방문판매보다 더욱 효율적인 판매 방법의 필요성이 대두되었다. 다시 말해 세일즈보다 마케팅 개념이 필요해진 것이다. 결국 이러한 필요성에 대한 연구가 거듭되면서 방문판매에 신기술을 접목한 새로운 형태의 판매가 생겨났다.

새로운 마케팅의 출현

마케팅의 개념은 단순히 판매 계획에만 한정된 것이 아니다. 이러한 사실은 누구나 알고 있을 것이다. 물론 이미 만들어진 상품을 특별한 아이디어를 이용해 판매한다는 것이 마케팅의 가장 단순한 개념이긴 하지만, 앞에서 이야기한 여러 가지 변수로 인해 이제는 한 회사의 생존을 좌우할 만큼 중요한 개념으로 자리 잡게 되었다. 다시 말해 제품의 품질과 마케팅은 국제화, 개방화 시대의 가장 중요한 생존 요건이다.

물론 처음부터 상품 자체가 시장경쟁력을 상실한 채 생산된 것이라면 판매 아이디어, 즉 마케팅이 아무리 좋아도 시장 선점에 실패할 수밖에 없다. 이것이 바로 자본주의 경제의 냉엄한 현실이다. 따라서 제품의 생산 계획 단계는 물론 제품이 소비자의 손에 들어가고 또한 소비자에게 A/S를 하는 전과정에 걸쳐 마케팅 개념을 반영하는 것이 바람직하다. 실제로 새로운 마케팅은 이러한 개념을 바탕으로 세워지고 있다.

우리나라 화장품 업계에서도 새로운 마케팅을 만들어 내기 위해 많은 노력을 기울이고 있지만, 그렇다고 새로운 마케팅을 개발하는 것만이 능사는 아니다. 어떤 새로운 마케팅이 나올지라도 제품의 품질이 경쟁사의 품질보다 상대적으로 우위에 있지 않으면 성공할 수 없다. 다시 말해 마케팅은 기본적으로 우수한 제품 품질을 담보하는 상태에서 체계적으로 수행해 나가야 한다.

특히 화장품은 다른 어떤 제품 판매보다 **다이렉트셀링**(직접판매)이 일찌감치 자리를 잡은 업종이다. 더구나 직접판매는 기존의 방식과 달리 정보화와 첨단화를 바탕으로 새로운 가능성을 제시하며 꾸준히 발전하고 있다.

지금까지 화장품 업계의 대표적인 직접판매 방식은 방문판매였다. 이 판매 방식은 한때 우리나라 화장품 전체 매출액의 80퍼센트 이상을 차지하면서 큰 인기를 누리기도 했지만, 여러 가지 이유로 인해 지금은 할인판매점에 그 자리를 내주고 말았다.

그런데 최근에 우수한 품질로 무장한 선진국의 화장품 회사들이 다시 방문판매의 장점과 직접판매의 장점을 그대로 살린 **새로운 시스템**을 도입해 성공적으로 이끌어 나가고 있다. 이것은 무분별한 광고나 판촉을 하지 않는 대신 그 비용을 소비자에게 환원하는 판매 시스템이다. 그중에서도 네트워크 마케팅 비즈니스는 그 특성상 화장품 업계에 적합한 새로운 마케팅의 한 형태로 자리를 잡아가고 있다.

세계적인 다국적기업 A사, N사의 고속 성장의 비밀

1950년대 말 미국의 소규모 도시, 그것도 작은 창고에서 출발해 오늘날 국제적인 기업으로 성장한 A사와 뒤이어 제품력을 필두로 나타난 N사의 성장 비밀에 오늘날 우리나라 화장품 산업 발전의 열쇠가 숨어 있다. 그렇다고 이들 회사가 짧은 기간에 이룩한 고속 성장에 대해 이야기하고자 하는 것은 아니다. 그들이 얼마나 빠른 시일 내에 성공했고 어느 정도의 매출을 올리고 있는지에 대해 말하려는 것도 아니다.

오늘날 A사는 우리나라를 비롯해 전 세계 60여 개 나라에 자회사를 두고 있으며 N사도 그에 못지않게 전 세계로 뻗어 나가고 있다. 흥미롭게도 이들 회사는 모두 화장품을 취급하고 있으며 그것은 그들이 성장하게 된 바탕이 되고 있다.

하지만 그보다 더 중요한 것은 바로 이들의 비즈니스 방식이다. 이들은 무엇보다 가장 단순한 사실을 기초로 하고 있다.

먼저 이들은 자사 상품에 대한 자부심이 대단하다. 몇 년간 적당히 팔다가 마는 그저 그런 상품이 아니라 한 번 사용해 본 소비자를 그들 회사의 고정고객으로 만들 만큼 우수하고 뛰어난 품질의 제품을 생산하기 때문이다.

덕분에 어떠한 제품 광고도 하지 않는다. 제품을 사달라고 부탁하지도 않는다. 그저 어떤 형태로든 한 번만 사용해 보라고 권할 뿐이다. 그리고 소비자가 마음에 들어 하지 않으면 언제라도 반품을 받아 준다. 특히 화장품의 경우, 이들은 사용하는 원료가 무엇인지 명확하게 밝힌다.

어떻게 보면 당연한 일을 하고 있는 이들은 신뢰를 무기로 성장에 성장을 거듭하고 있다. 다른 회사가 상식을 지키지 않을 때 그것을 지키는 자세로 소비자들의 엄청난 호응을 얻고 있는 셈이다. 이들은 무엇보다 소비자들의 판단과 호응, 그리고 입소문을 중요시하는 네트워크 마케팅 비즈니스 시스템을 채택하고 있다.

이러한 시스템은 이들 회사의 중요한 성장 배경이기도 하다. 이들은 공통적으로 기존의 매장 판매나 대리점 판매 방식에 의존하지 않는 전혀 새로운 무점포 판매 방법을 채택하고 있다. 또한 사업자에게 독특한 방법으로 대가를 지불함으로써 사업자가 새로운 사업자를 모집하는 방법을 사용한다. 나아가 회사마다 고유의 문화나 생활 방식을 함께 전달하는 방식으로 비즈니스를 전개한다. 바로 이 점이 네트워크 마케팅 비즈니스의 고유한 특징이라고 할 수 있다.

다시 말해 판매 할당량이 주어지는 것도 아니고 자신이 먼저 사용해 본 다음 마음에 들면 주변 사람들에게 권하는 방식으로 입소문을 통해 네트워크를 넓혀 나가며 사업이 진행되는 아주 간단한 시스템이다. 물건을 들고 이 집 저 집을 방문할 필요도 없고 점포를 차려 종업원을 고용할 일도 없다. 더구나 인터넷이 발달한 요즘에는 집에 가만히 앉아서 클릭만으로도 네트워크를 넓히는 것이 가능하다. 써보고 좋으면 주위 사람들에게 권해 인맥을 넓혀 나가는 간단한 비즈니스 시스템이 새로운 유통 방식으로 등장해 빠른 속도로 성장하고 있는 것이다.

이러한 유통 방식은 여러 가지 면에서 변화하는 현대인의 생활양식에 정확히 부합한다. 따라서 국내 화장품 회사가 이러한 유통 방식을 채택한다면 A사나 N사처럼 발전할 가능성이 충분하다.

방문판매와 네트워크 마케팅은 어떻게 다른가?

물건의 이동이 발생한다는 관점에서 네트워크 마케팅 비즈니스의 사업자들과 일반 방문판매 판매원이 하는 일은 비슷하다고 할 수 있다. 그러나 네트워크 마케팅 비즈니스를 선택한 어떤 사업자도 자신을 단순한 영업사원으로 여기지 않는다.

같은 화장품을 취급하더라도 단순한 방문판매원과 사

업자는 사업에 임하는 자세가 기본적으로 다른 것이다. 사업자는 일반 방문판매원과 달리 남다른 자부심을 갖고 있다. 시간을 자유롭게 활용하는 그들이 스스로를 독립적인 사업자로 인식하는 데는 몇 가지 이유가 있다.

첫째, 사업자는 회사에 얽매여 할당량을 채우거나 회사의 지시를 따르는 영업사원이 아니라 회사와 별개로 자기사업을 하는 **자영사업가**다. 전체 사업자를 보호하기 위해 정해 놓은 비즈니스 규칙을 지키기만 한다면 시간을 어떻게 사용하든, 비즈니스를 어떤 방법으로 전개하든 회사는 사업자의 일에 일체 간섭하지 않는다.

둘째, 사업자는 일반 방문판매원처럼 무작정 개척 판매를 하는 것이 아니다. 무엇보다 **제품의 품질이 우수하**기 때문에 아는 사람에게 제품의 효과를 알리는 것으로 제품 전달이 일어난다. 한 번 제품을 써본 고객은 뛰어난 품질에 반해 재구매를 하거나 비즈니스를 함께 전개하는 데 관심을 기울인다.

셋째, 일반적인 방문판매와 달리 네트워크 마케팅 비즈니스는 제품을 전달하는 것으로 수입이 발생하는 것은 물론, 사업자의 네트워크를 넓혀 가는 일을 통해서도 수익을 올리게 된다.

넷째, 네트워크 마케팅의 사업자는 고정적으로 출퇴근하는 사무실이 정해져 있지 않고 어떤 조직에도 속하지 않는다. 따라서 회사에 대해서나 어느 누구에게도 판매 실적을 보고할 필요가 없고 그에 대한 부담을 가질 이유도 없다. 오로지 스스로의 판단에 따라 일하고 일한 만큼 대가를 받을 뿐이다.

다섯째, 네트워크 마케팅의 사업자는 비단 제품뿐 아니라 네트워크 마케팅 회사의 독특한 이념과 라이프스타일, 문화를 전달하는 역할도 한다. 특히 기업의 수익을 사회에 환원하고자 하는 네트워크 마케팅 회사의 이념을 적극 받아들여 봉사활동에 나서기도 한다.

한마디로 네트워크 마케팅 비즈니스는 방문판매의 단점을 보완한 획기적인 마케팅 시스템이라고 할 수 있다.

네트워크 마케팅에 적합한 상품

어떤 기업이 네트워크 마케팅 시스템을 이용해 제품을 판매하려 할 때는 반드시 고려해야 할 것이 있다. 그것은 **팔고자 하는 제품의 종류와 품질**이다. 이 두 가지는 네트워크 마케팅 비즈니스를 채택한 기업의 성공 여부를 결정한다고 해도 과언이 아니다. 또한 이것은 아직까지도 사회적 논란이 되고 있는 피라미드 판매 시스템과 명확히 구별 짓는 잣대가 되기도 한다.

시스템이 환상적이긴 하지만 사실 네트워크 마케팅이 순식간에 모든 사람에게 일확천금을 안겨 주는 것은 아니다. 오히려 그 반대일 수도 있다. 만약 제품의 종류와 품질이 네트워크 마케팅 비즈니스의 조건을 충족시키지 못한다면 엄청난 사회적 문제와 실패가 뒤따르게 된다. 어쩌면 피라미드와 네트워크 마케팅은 종이 한 장 차이라고 할 수 있다. 시스템을 정확히 따르고 규칙을 지키면 네트워크 마케팅이지만 그렇지 않으면 피라미드이기 때문이다.

네트워크 마케팅에는 분명한 원칙과 지켜야 할 도리가 있고 나아가 철저한 논리도 있다.

첫째, 네트워크 마케팅 회사가 취급하는 상품은 반드시 품질이 뛰어나고 쓰임새가 많아야 한다. 이 점은 거의 절대적인 조건으로 만약 품질이 다른 경쟁 제품보다 뛰어나지 않거나 뒤떨어지면 절대 그 제품으로 성공하기 어렵다. 오히려 피라미드 시스템으로 전락하기 십상이다. 왜냐하면 네트워크 마케팅 비즈니스는 사업자 스스로가 먼저 제품에 만족하고 주위 사람에게 소개하는 시스템이기 때문이다.

품질이 시중의 가게에서 쉽게 구입할 수 있는 제품보다 좋지 못하다면 구태여 사업자에게 제품을 구입할 이유가 없지 않은가. 이런 상태에서는 네트워크 마케팅 비즈니스를 지탱해 주는 연속적인 소개 판매가 발생하지 않는다. 따라서 네트워크 마케팅 비즈니스가 취급하는 제품은 지속적인 매출 효과를 일으키고 사업자 스스로가 신념을 갖고 타인에게 권할 수 있을 만큼 탁월한 성능이 보장되어야 한다.

둘째, **소모성**이 강할수록 네트워크 마케팅 비즈니스에 적합하다. 소모성 제품이어야 한다는 것은 네트워크 마케팅 비즈니스에서 상당히 중요한 부분이다. 왜냐하면 반복구매가 계속해서 일어나야 지속적인 매출 확대가 가능하기 때문이다.

만약 지속적으로 반복구매가 일어나지 않으면 사업자는 쉴 새 없이 새로운 고객을 찾아 나서야 하고 그러면 방문판매보다 오히려 좋지 않은 결과를 낳을 수도 있다. 다시 한 번 말하지만 네트워크 마케팅 비즈니스가 취급하는 제품은 스스로 써보고 자발적으로 제품을 권할 정도로 품질이 뛰어나야 한다. 그래야 이 비즈니스가 표방하는 입소문 마케팅이 이뤄질 수 있다.

셋째, 네트워크 마케팅 비즈니스가 채택한 제품은 수요층이 제한적이지 않은 **일반적인 제품**이 좋다. 이는 수요층이 일정 계층에 한정된 것이 아니라 여러 계층의 다양한 사람에게 쓸모가 있어야 한다는 말이다. 아무리 품질이 좋고 가격이 저렴할지라도 쓸모가 없다면 굳이 돈을 주고 구입할 소비자가 어디 있겠는가.

이 세 가지 조건을 만족시키는 상품 중 가장 좋은 것이 바로 기초 화장품이다. 기초 화장품은 신기할 정도로 네트워크 마케팅 비즈니스에 적합한 상품이다. 이를 증명하듯 네트워크 마케팅 비즈니스로 성장한 회사는 모두 기초 화장품을 취급하고 또한 그 화장품으로 고속 성장을 이뤄왔다. 이제 국내가 아니라 국제적으로 치열한 경쟁을 벌여야 하는 화장품 업계는 바로 이러한 성공에서 교훈을 찾아야 할 것이다.

　지금까지 화장품에 대해 많은 이야기를 다뤄 왔다. 어쩌면 이 책을 읽고 마음이 더욱 복잡해졌을지도 모른다. 왜 이런 책을 읽어야 하는지 의문만 잔뜩 남았을 수도 있다.

　이 책의 핵심은 하나로 정리할 수 있다. 그것은 우리는 소비자이고 소비자는 왕이라는 사실이다. 우리가 돈을 주고 구입해 사용할 상품과 관련해 적절한 시기에, 적절한 장소에서, 정확한 정보를 얻을 권리는 다른 어떤 것보다 중요하다. 특히 그 권리가 우리의 생명이나 인체와 관련된 것이라면 두말할 필요조차 없다.

　이 책에서 다룬 화장품은 인체와 밀접하게 관련된 제품이다. 텔레비전이나 냉장고 같은 가전제품을 잘못 구입했을 경우에는 분하기는 하지만 그냥 속은 셈치고 버리면 그만이다. 하지만 화장품을 잘못 구입하면 버린다고 문제가 해결되는 것이 아니다.

일단 화장품의 부작용으로 구입한 사람이 신체적, 정신적 피해를 보게 된다. 나아가 최근에는 대중매체를 통한 광고로 인해 소비자에게 대량의 상품이 동시에 판매되기 때문에 화장품 제조회사의 사회적 책임은 그 어느 때보다 무겁고 막중하다. 얼마 전에 텔레비전에서 화장품 부작용으로 인한 피해를 고발하는 내용을 보았는데 그 정도가 생각보다 심각한 편이었다. 돈을 주고 구입한 제품으로 인해 피부가 손상되고 여기에 심리적 타격까지 받았다면 이 얼마나 억울한 노릇인가.

화장은 아름다워지기 위해 하는 것이다. 화장을 해서 아름다워진다는 것은 외면적인 만족을 주기도 하지만 그보다는 심리적 만족이 더 크고 중요하다. 따라서 잘못 구입한 화장품으로 인해 외면적인 만족감은 고사하고 오히려 신체적, 정신적으로 고통을 당한다면 이것은 매우 심각한 일이라고 할 수 있다.

그렇다고 아예 화장품을 사용하지 않을 수도 없다. 우리는 이미 화장 문화에 익숙해져 있고 또한 화장품을 잘 사용하면 많은 효과를 얻을 수 있다는 것을 알고 있다. 한마디로 화장품은 현대인의 필수품으로 자리 잡은 지 오래다. 그렇다면 화장품에 대해 정확한 지식을 얻고 화장품을 구입할 때 올바른 제품을 선택할 수 있는 능력을 기르는 수밖에 없다. 이 책에서 이야기하고자 하는 핵심이 바로 그것이다. 너무 많은 것을 알려주고 싶

은 욕심에 때로 장황해진 부분도 있고 지나치게 전문적
인 내용을 담아 전체적으로 일관성을 떨어뜨린 잘못을
저지르기도 했지만 본래의 순수한 의도는 이것이었다.
하지만 첫술에 배부를 수는 없다. 필요한 부분을 찾아
내 필요한 곳에 활용하는 독자들의 지혜를 기대한다.

화장품의 허와 실

1판 1쇄 찍음 2010년 7월 12일
1판 2쇄 펴냄 2016년 7월 11일

지 은 이 시사모임회
펴 낸 이 배동선
　　　　　마케팅부/최진균
　　　　　총무부/이다혜
펴 낸 곳 아름다운사회
출판등록 2008년 1월 15일
등록번호 제2008-1738호
주　　소 서울시 강동구 성내동 419-28 아트빌딩 2층 (우: 05403)
대표전화 (02)479-0023
팩　　스 (02)479-0537
E-mail assabooks@naver.com

ISBN : 978-89-5793-166-0-03320
값 6,000원